剣客大名 柳生俊平

将軍の影目付

麻倉一矢

時代小説

二見時代小説文庫

目次

剣客大名 柳生俊平《としひら》——将軍の影目付

第一章　茶花鼓《ちゃかぽん》大名

一

「どこかで見た貌《かお》と思っていたら、あやつ、あの時の割り込み大名ではないか」

筑後《ちくご》三池《みいけ》藩一万石の藩主立花貫長《たちばなやすなが》が、膝を打ち、血相を変えて隣の大名に声をかけた。

声の主は、菊の間詰めの諸大名にいっせいにふりかえられてバツが悪そうに後ろ首を撫《な》でた。

貌の道具だての派手な男である。黒々とした双眸《そうぼう》が炯《けい》と光り、臼《うす》のような大きな貌が、猪首《いくび》と広い肩に支えられ乗っている。

「ちがいない。あやつだ」

応《こた》えたのは伊予小松《いよこまつ》藩主一 柳 頼邦《ひとつやなぎよりくに》であった。

小柄な男で、同じく大きな声だったことに気づき、ねずみのような青白い小さな貌で困ったようにきょろきょろと辺りを見まわした。

五位《ごい》の大名が殿 中《でんちゅう》で着《つ》ける大紋《だいもん》が妙に大ぶりに見えるのは、この男の肉付きの少ない枯れ枝のような細い体つきのせいであろうか。

この日、享保《きょうほう》十五年（一七三〇）九月の朔日《さくじつ》は登城日にあたり、江戸城 表御殿《おもてごてん》菊の間にはびっしり大名が詰めかけていた。

将軍御目見得《おめみえ》の日の諸大名の詰め所は、大廊下上之部屋《おおろうかかみのへや》が最も格式が高く、将軍縁者や御三家《ごさんけ》の当主と嫡男、大廊下下之部屋《しものへや》は加賀前田《かがまえだ》家、越前福井松平《えちぜんふくいまつだいら》家、鳥取池田《とっとりいけだ》家、阿波徳島蜂須賀《あわとくしまはちすか》家など。さらに溜《たまり》の間、大広間、帝鑑《ていかん》の間、柳《やなぎ》の間、雁《かり》の間とつづき、最も格式の低いここ菊の間に詰める大名は、三百諸藩の藩主のなかでも二万石以下の所領しかない陣屋《じんや》大名で、大名でもない大番頭《おおばんがしら》、書院《しょいん》番頭、詰衆《つめしゅう》嫡子などの諸役の旗本とともに押し込められている。

この時、二人がいまいましげに目を向けたのは、遅れて部屋にやってきた三十がらみの大名で、大紋と長 袴《ながばかま》を端正に着こなし、風折烏帽子《かざおりえぼし》をかぶって、腰には小さ刀を差している。

その男は茶坊主に導かれ、二人の前列に長袴をさばいてゆったりと腰を下ろすと、去っていく茶坊主に、

「世話をかけるな――」

と、末広《すえひろ》（扇）をこっそり手渡した。

末広はこうした場合の茶坊主への心づけで、これを茶坊主は後で金に替えるのが城内のしきたりである。

「あざといことをする」

立花貫長が、聞こえよがしに吐き捨てた。

二人が、遅れてきた大名にこれほど怒りを抑えきれないでいるのにはわけがあった。

大名は例外なく城中まで家臣を伴うわけにはいかず、まず諸門で下馬し、駕籠《かご》を残し、さらに家臣を残して城中に入る。

三百諸侯がいっせいに登城するのであるから、登城時は入城門がひどく混みあう。

各大名が登城する門は、詰め所同様格式によって決められている。

菊の間詰めの小大名の場合、内桜田門《うちさくらだもん》（桔梗門《ききょうもん》）であった。

各大名は、槍の数や槍にかぶせた袋の家紋を見て、家格が上であれば駕籠が停止するまで足踏みして待機しなければならない。

ところが、この内桜田門の下馬所で、この大名の行列は無遠慮に二人の大名駕籠の前をスルスルと通り過ぎた。

どこの大名かはわからなかったが、供まわりの数も同じほど、先を越されるいわれはない。

立花貫長はカッとして駕籠を下り、この行列にどなり込んだ。

だが、相手の大名は貫長の抗議などどこ吹く風、駕籠の小窓を開け、にたりと笑うと、

「お先に失礼いたす」

と手を振るのであった。

同じく駕籠で待機していた一柳頼邦も、これを見て憮然《ぶぜん》と拳《こぶし》をふりあげた。

だが、後のまつりである。

調子のいいその大名は、坊主に案内されてスルスルと城内に姿を消してしまっていた。

(いったい何処《どこ》の大名か……)

立花貫長は呆気《あっけ》にとられて首を傾げた。

その大名の家紋二蓋笠《にがいがさ》はどこかで見たような気のするものの、すぐには思い出せな

かった。

憤然《ふんぜん》とひき退がったものの、以来ずっと虫の居所が悪く、同席の伊予小松藩主一柳頼邦にこぼしていたところであった。

立花貫長は扇を立て、

「いずこの藩主であろうな。なにやら見たことのある紋所ではあるが……」

前の男に顎《あご》をしゃくった。半ば聞こえてもいいと思っている。

「さてな」

一柳頼邦はふと考えて、細面《ほそおもて》の青い顔を、前の大名の背に近づけた。近眼《ちかめ》なのである。部屋に入ってきた時に垣間《かいま》見た面体《めんてい》は、端正な瓜実顔《うりざねがお》の涼しげな眼差しが印象的な男であった。

「二蓋笠ではないか」

頼邦は五寸ほどまで男の背に顔を近づけ、小さく頬を震わせた。

「二蓋笠といえば……？」

立花貫長が、大きな声で言葉をついだ。

「知らぬのか。柳生《やぎゅう》だ」

一柳頼邦は、あわてて声を潜め立花貫長に告げた。

頼邦の記憶が確かであれば、柳生家は先の藩主が急逝《きゅうせい》し、養嗣子《ようしし》が跡を継いだはずである。

「おい、相手が悪い。小藩といえど、柳生家は将軍家剣術指南役《しなんやく》。上様に剣の稽古をお付けする立場だ。そのような者と争えば、後々どのようなしかえしが待ちうけているか知れたものではない」

「なんの。そのような卑劣《ひれつ》な真似はさせぬ」

「させぬ、と申してもの……」

頼邦の右隣の若い藩主が、話を聞いていたのだろう、ちらとこちらを向いて笑った。

「聞こえておるぞ、ご両人――」

いきなり、背中を向けていた二蓋笠の藩主がこちらに貌を向けた。

端正な瓜実顔、涼しげな眼差しが二人を見くらべ、にやにや笑っている。

「そう、刺々《とげとげ》しうなされるな。ご同輩」

「ご同輩……？」

立花貫長がむっとして、大名を見かえした。

「さよう。我らはしょせん小藩どうし。いがみおうてみたところで、意地の張りがいもない一万石ではないか。退屈なひとときせいぜい仲良く過ごそうではないか」

「ふん、おぬし、なぜわれらが一万石とわかる」

貫長が、憮然として言いかえした。

「この菊の間は、二万石までの大名しかおらぬ。まあ、おぬしらは二万石かもしれぬが、なに一万石も二万石も大差はなかろう。それに、ご貴殿らの貌を見ておれば、どうやら一万石だ」

「こやつッ」

立花貫長が、カッとして膝を立てた。

菊の間のざわめきが消え、何人かの大名がまたこちらをふりかえった。

「そうお怒りめさるな。侮辱《ぶじょく》したわけではない。当方とて一万石。同じと言うたまでだ。藩を継いでこれが初めての登城でな、いまひとつ勝手がわからず、つい無調法をしてしまった。あの門前の無礼は許してくだされよ」

そう言う男の貌に、他意はなさそうである。

「いや、まあ、謝っていただければ……」

一柳頼邦が、困ったように唇を歪《ゆが》めると、

「あいわかった。されば、水に流す」

立花貫長が、渋々顔を歪めて笑みを浮かべた。

「それがしは筑後三池藩主立花貫長と申す。よろしうお願いいたす」

「それがしは、伊予小松藩主にて一柳頼邦と申す」

二人がそれぞれに藩名と名を名乗って、俊平《としひら》に頭を下げた。

「申し遅れた。それがしは柳生藩主柳生俊平。ほう、いずれも西国のお方か」

「さよう。長旅となる参勤交代《さんきんこうたい》は、こたびも一大事業であった」

一柳頼邦がぼやいた。

「私の生家も、かつては伊予松山《まつやま》を治めていました。その後、桑名《くわな》に移り、さらに幕府に嫌われて、越後高田《えちごたかだ》に飛ばされた」

柳生俊平は、苦笑いして顔を撫でた。

「さようか。ご貴殿は久松《ひさまつ》松平家のご出身か？」

一柳頼邦が、うやうやしく俊平を見かえした。

「十一男の部屋住みでしてな。茶花鼓に明け暮れ、ついには他家に養子に出されてしもうた」

菊の間の大名が静まりかえった。

久松松平家は、東照大権現家康公《とうしょうだいごんげんいえやすこう》の異父弟松平定勝《さだかつ》から続く家系で、れっきとした徳川家御一門である。定勝の三男定綱《さだつな》は大垣《おおがき》藩主を経て桑名藩十一万石の藩主となり、その桑名藩を継いだ俊平の父定重《さだしげ》は越後高田藩に移封《いほう》された。

「なんの、久松松平家とて失政をすれば雪深き越後に飛ばされる。大したことはない。それにこの私はまぎれもない一万石の柳生藩主、養嗣子なので、家臣にも相手にされていない」

「はは、さようか」

一柳頼邦は、どう応えてよいかわからぬまま苦笑いをした。

「それにしても、千代田《ちよだ》のお城は無愛想なところよ。冷めた茶しか出んのか」

気を取りなおした俊平は、膝を崩《くず》して胡座《あぐら》を組みぐるりと広間を見まわした。

諸大名が聞き耳を立てているような気がする。俊平は首をすくめた。

「よろしいのか、そのようなことを申されて」

一柳頼邦がはらはらしながら、俊平を諫めた。

「恥ずかしながら、越後の山国育ちでな。江戸暮らしはもう九年目だが、声が大きいのはなかなか直らん」

「いやいや、我らとて田舎者は同じ。わしも、つい声を張りあげてしまう」

立花貫長がそう言えば、方々から笑いが起こった。

「ところで柳生家は、代々将軍家剣術御指南役でござったな」

「さよう」

「剣術は、その、お得意なのか――」

一柳頼邦が、またちょっと心配そうに俊平を見た。

「いや、大したことはない」

俊平が、ほろ苦い顔をして一柳頼邦を見かえした。

「これはご無礼を……」

一柳頼邦が、うかつなことを訊いたと、真顔になって頭を下げた。

「養嗣子で入られた柳生家、剣の達人であろうはずもない。これはいらぬ詮索《せんさく》をした」

「なに、ご心配いたみいる。これがいつも私の頭痛の種なのです」

俊平がまた屈託《くったく》なく言った。

「それにしても、柳生殿は面白いお方じゃの。先般、桔梗門で陣取り争いをしたのも、なにかの縁。これより後、よろしくご交誼《こうぎ》賜《たまわ》りたい」

二人は俊平の人柄を知って、気のおけない口ぶりとなっている。

やがて、菊の間の大名は揃って大広間に移り、末席で将軍吉宗《よしむね》の謁見《えっけん》を受けた。

大広間は、江戸城御殿でも広大な格式を持つ部屋である。

上段、中段、下段の三つからなり、その隣に二之間、三之間、四之間がある。

襖に描かれているのは松と鶴。松の高さは二間余り、拡げた枝の長さは六間にも及ぶ。

上段の天井は、二重折上格天井《おりあげごうてんじょう》というもので、伝説の鳥鳳凰《ほうおう》が描かれている。

三人の入った部屋は二之間であった。

将軍が下段之間の敷居際に立つと、老中《ろうじゅう》両名が左右から二之間との境の襖を開け、謁見する五位以下の人々が平伏する形式であった。

その時、貫長はうっかり脇差しが襖に触れてしまった。そのため、下城差し止め処分を受け、お目付《めつけ》役からお小言を頂戴することとなってしまった。

儀式が滞《とどこお》りなく終わり、また菊の間にもどってくると、

「いや、いや、疲れたの」

一柳頼邦が、行儀悪く足を投げ出した。

「ずっと平伏しておったので、肩が張る」

立花貫長が、ふっと大きく吐息して大きな拳で肩をたたいた。

「私は、ついていない」

貫長は、下城差し止めを食らったことを愚痴った。

「なに、よくあることだ。それ以上の処分はないのでご安心なされ」

一柳頼邦が、立花貫長の肩をとってなぐさめた。

「いやいや、宮仕えはすまじきものよ」

頼邦は、ふと俊平を見かえし、

「柳生殿は、上様に剣術をお教えなされるのであったな。大変なことじゃな」

同情するように、俊平の横顔をうかがった。

「考えただけで頭が痛い。私は桑名藩の十一男。柳生藩とはかかわりもない生まれであったのだからな」

俊平がつい愚痴をこぼすと、

「いや、まことにもってご苦労に存ずる」

立花貫長が言った。

やがて、茶坊主が菓子を高く掲げて部屋に入ってくる。三方《さんぼう》に、小さな饅頭《まんじゅう》が三つ。

それを、菊の間の諸大名が懐紙《かいし》に取り、静かに口に運んだ。

「もったいぶったわりには、あまり美味《うま》くないの」

俊平が、冷やかに言った。

「菓子にも格がござってな。菊の間の菓子は、小さな饅頭三つ。大広間では、京の上菓子が出るという」

一柳頼邦が、わけ知り顔に小声で言った。

「なにせ、われらはぎりぎり大名の一万石だ。美味い菓子をあてにしても無理。市中で、草団子《くさだんご》でも買い求めたほうがよほど美味い」

俊平が、三つ目の饅頭を懐紙の上に放りなげた。

「柳生殿は、町で菓子を買い食いなさるのか」

一柳頼邦が、驚いて俊平を見かえした。

「饅頭、団子、心太《ところてん》、なんでも食う」

貫長と頼邦が、あきれたように目を見あわせた。

「いやはや、羨《うらや》ましい」

一柳頼邦が言った。

「なんの、そなたらもやればよいではないか」

「しかし、家臣がやかましいからの」

立花貫長が顔を歪めてこぼした。

「なに、家臣など振り切ってしまえばよろしかろう」

「では、柳生殿はそのようなことをなされるのか」

立花貫長は、さらに驚いて俊平を見かえした。

「私は養嗣子、もとより大事にされておらぬということ」

「されば、我らも町歩きに誘ってはくださらぬかの」

いきなり一柳頼邦が膝を乗り出した。

「そ、それがしもぜひお願いしたい。いやな、我ら参勤ではるばる江戸に出てきたが行くところがなく、上屋敷に詰めるばかりで退屈至極。柳生殿は、遊び上手《じょうず》の風流大名とお見うけした。剣術ではなく、遊びのほうをご指南いただけまいか」

立花貫長は、後ろ首を撫で、大袈裟《おおげさ》に頭を下げた。

「風流指南か。ま、それも悪くないが……」

俊平が苦笑いして二人を見かえし、しばらく考え込んでいたが、

「たしかに私は藩内では浮いた存在。誰と出歩いたところで、留《と》め立てする者もない。それに、これより後は剣術指南の大役が待っている。息抜きせねばやっておれぬわ」

「さようか。なにやら心が弾んでまいるの。まずはどこにまいろうか」

一柳頼邦の声が、すっかりうわずっている。

「だがその前に、ご家臣を上手に振り切る手立てをお考えくだされよ。ぞろぞろと浅《あさ》葱裏《ぎうら》のご家臣を連れて来られては、風流どころではないからな」

「こころえた」

一柳頼邦が、立花貫長と顔を見あわせた。

「されば、よき友を得た。これより後も、よろしう頼む」

立花貫長が俊平の手をとると、その手に一柳頼邦が手を重ねた。

「江戸は、百万の大所帯。この町にはなんでもあると聞いた。遊び尽くさねば、はるばる江戸まで辛い参勤でやってきた甲斐《かい》もあるまい」

立花貫長が、握った手に力をこめた。

「遊びつくすぞ」

一柳頼邦の目は、もう据《す》わっている。

三人は、静まりかえる菊の間の諸大名を尻目にからからと笑った。

二

藩邸にもどった柳生俊平は、立花貫長と一柳頼邦をどこに案内してやろうかと考えあぐねている。

これといってよいところが思い浮かばない。それもそのはずで、二人のことは好みも人柄もまだ何ひとつ知らないことに気づいたからである。

（これは、ちと安請け合いをしたか）

俊平は苦笑いした。

ちょっと調子がいいところと、人のよいところが自分の欠点であることはよく知っている。

苦い思いをしたことも度々《たびたび》ある。

柳生藩への養嗣子にしたところで、これほどの苦労をするとは夢にも思っていなかった。

藩士は剣術とは無縁の久松松平家から入った俊平には見向きもせず、お供《そな》えものと敬遠している。

しかも、俊平の修めた柳生新陰流《しんかげりゅう》は、桑名藩当時の隣藩である尾張《おわり》藩の尾張柳生で、だいぶ流儀がちがう。

柳生但馬守《たじまのかみ》以来の江戸柳生の伝統に誇りを持っている藩士たちにとって、尾張柳生の俊平は、どうにも面白くない存在なのである。

誰からも相手にされない俊平は、このところ昔の部屋住みの十一男坊にもどって、することもなく遊び暮らしている。

気楽といえば気楽なのだが、なんとなく息の詰まる生活である。

二人の田舎大名の誘いに乗ってしまったのも、こうした退屈な暮らしゆえであったのだ。

「まずは歌舞伎《かぶき》にでも連れていってみるか」

俊平は、そう腹を決めた。

江戸三座のひとつ森田座《もりたざ》が柳生藩上屋敷のある木挽町《こびきちょう》にあり、隣の葺屋町《ふきやちょう》には市村座《いちむらざ》、堺町《さかいちょう》には中村座《なかむらざ》がある。それに芝居は俊平の大好物である。

江戸歌舞伎は、正徳《しょうとく》四年（一七一四）の絵島《えじま》・生島《いくしま》事件で大量の検挙者を出し、一時さびれてから、追い打ちをかけるように八代将軍吉宗の享保の改革が始まって、質素倹約と風俗取り締まりの対象となり弾圧を受けた。

だが、ここにきて、歌舞伎はふたたび隆盛を極め、上方《かみがた》で初めての千両役者となった女形の芳澤《よしざわ》あやめをかわきりに、江戸でも市川団十郎《いちかわだんじゅうろう》が千両役者となるなど、全盛期を迎えた感さえある。

養嗣子として柳生藩邸に入った俊平も、することもなく町をぶらぶらするうちに、歌舞伎の世界に出会い、小屋が近いこともあって三日にあげず芝居見物に出かけるようになった。

俊平は木戸前で落ちあうのも野暮《やぼ》と、二人の大名に小屋に入って待っているよう書状を送り、やや遅れて中村座に出かけた。

小屋前の大通りはあいかわらずの賑わいで、二階桟敷《さじき》をぐるりと囲む大提灯《おおぢょうちん》が夕暮れ時を待たず煌々《こうこう》と輝いている。

木戸前の櫓《やぐら》の上では、角切銀杏《すみきりいちょう》の幔幕《まんまく》が張られ、立役《たてやく》の名を記した幟《のぼり》が風にはためいていた。

顔なじみの木戸番から、とりあえず二人の大名の席を見とおすために二階大向こうの立ち席を買って、小屋の中に入る。

桟敷席の脇から下を見下ろせば、郎党《ろうとう》を引き連れた紋付袴姿の二人の大名が、着かざった女たちの間に妙に浮き立っている。

下手《しもて》花道《はなみち》の脇では、筑後三池藩主立花貫長が、いかめしい面体《めんてい》の郎党を引き連れ桟敷席に陣取って舞台などそっちのけで弁当を食らっている。

やせてもかれても大名家。芝居茶屋で席を確保し、弁当も注文し、家臣とともによい席を確保している。

芝居小屋は客の好みや等級にもよるが、席に着くと、まず芝居茶屋から茶と人気番付が届けられ、次に菓子、口取りに刺身《さしみ》、煮物、中飯《ちゅうはん》、鮓《すし》、水菓子と出てくる。

いま二人が食べているのは中飯であろう。

(よう食うわ)

連れの郎党など、芝居そっちのけで飲み食いしている。

(西国の武士は、みな豪傑《ごうけつ》揃いと聞いたが、凄まじいものだ)

俊平が、苦笑いして顎を撫でた。

いかめしい体軀の立花貫長もそうだが、隣の供の者は揉み上げを奴《やっこ》のように黒々と揃え、ぐらりぐらりと揺れながら盃を傾けている。槍でも持たせれば、戦場で一騎駆けにて先陣を切っていきそうな男である。

目を転じれば、舞台に向かって右側、上手《かみて》の舞台近くに、ねずみ顔の伊予小松藩主一柳頼邦が白髪《しらが》の混じった初老の家臣を従え、ちびちび盃を傾けていた。

こちらも、時折舞台に目をやるが、あまり関心はなさそうで、温厚そうな家臣はうつらうつら船をこいでいる。

一柳頼邦はと見れば、隣の艶《あで》やかに着かざった女たちから声をかけられ、上機嫌である。

町人の間では、江戸屋敷詰めの勤番 侍《きんばんざむらい》を浅葱裏などと嘲《あざけ》っているが、この者らはそういう野暮天を通り越して、まるで蛮族《ばんぞく》のようにさえ思える。

「はてさて、とんでもない連中と知りあったものだ――」

俊平は、苦笑いして吐息《といき》をついた。

朔日の登城日に退屈しのぎに菊の間で語りあい、町を案内するなど安請け合いしてしまったが、この調子では先が思いやられた。

下に降りて二人に声をかけるのもためらわれ、しばらく客席を見まわしていると、

「あら、柳生さま」

人混みのなかから、声をかけてくる女がある。

振りかえれば、馴染《なじ》みの辰巳《たつみ》芸者梅次《うめじ》であった。

今日は口数の少なそうな若い芸者を連れている。

芸と心意気とで張りあう辰巳芸者のなかでも、仲町《なかちょう》の梅次は芸といい、器量といい、気《き》っ風《ぷ》といい、一流の姐御《あねご》である。

「おやまあ、近頃とんとお見かぎりと思っていたら、こんなところにお忍びでござんすか。いったい、どなたとご一緒でございましょう」

威勢のよさはあいかわらずで、弾むような口ぶりでそう言うと、梅次は裾さばきもあざやかに俊平に歩み寄ってきた。

「なに、一人だ。昼日中から私のような貧乏大名につきあってくれる女など、おるわけもなかろう。それより、そなたこそどうしてこんなところに」

「仕事の前の景気づけなんですよ。こう見えて、大の芝居好きなんですよ。今日はもう夕べから興奮しちゃって、眠れなかったくらい」

「おぬしがそれほどの芝居好きとは、知らなかったぞ」

「俊平さま、お席は？」

「それが、ふらりときたので、ここしか空いていないようだ」

「ねえ、あたしの隣、空いてるみたい。それとも、お連れでも」

「連れはいないが、誰か来るぞ。それに……」

「あら、あたしがお側じゃおいや」

「そうではないのだが、わが柳生藩の屋敷は隣の木挽町でね。家臣がうろうろしている。昼日中《ひるひなか》から辰巳芸者と芝居見物ではさすがにの」

「あら、ほんとうならしかたないけど」

「それに、連れがいないでもない。田舎大名を二人、芝居見物に連れてきた」

「まあ、島田《しまだ》を結ったお大名さまではございませんの」

稼業がら客の嘘は聞き慣れている。だが梅次は、ふとほんとうかと俊平に顔を近づけて土間座を覗いた。

「ほれ、木戸の花道に近い桟敷席で弁当に食らいついている。あれが三池藩主の立花貫長だ」

「まあ、立花藩といえば、戦国の猛者《もさ》」

「それは柳河《やながわ》立花藩十万石だ。こっちの立花は筑後三池藩、親類筋の小藩で一万石だ」

「まあ、一万石。そんなお大名がいたんですの」

梅次は隣の芸者と、目を見あわせてクスリと笑った。

「馬鹿にするものではない。そなたの目の前にも、一万石がいる」

「あら、そうでした。ご免なさい」

梅次は、はっと気づいて妹のような連れの芸者と顔を見あわせた。

「じゃ、あちらの一万石さまにもぜひご贔屓《ひいき》にあずかりとうございます。お連れになったら、いかがでござんしょう。深川が愉《たの》しいところだってお教えくださいませんか？」

「あたしからもお願いします」

若い妹芸者が、初めて口を開いた。

商売熱心に立ちまわれ、と日頃から厳しく言いふくめられているのだろう。まだ、台詞《せりふ》が板についていない。

「そうか。それもよいな。ならば後で連れて行こう。じつは、一万石がもう一人いる。ほうれ、上手《かみて》のあの辺りの飲んだくれ。あれが伊予小松藩の一柳頼邦」

「まあ、面白い。一万石ばかりお三方でございますね」

「でも、それくらいのお大名が、肩が凝《こ》らなそう」

若い芸者が言うと、

「そんなこと言っちゃだめよ」

梅次が、笑いながらたしなめた。

「ならば、音吉《おときち》ちゃん、あんたさっきから、芝居はどうもと言って興味なさそうだから、お三人をご案内して先に深川に帰っていなさい。あたしは、もう少し見ていくから」

「はい」

音吉は、梅次に言われるまま俊平に頭を下げた。

一階まで下りていくと、俊平は二人の大名に声をかけて、

――桟敷席が取れなかったので二階にいる、次の幕が終わったところで、次は、深川に繰り出すとする。

と告げた。

二組の主従は、急にそわそわしはじめた。芸者遊びは、初めてらしい。

ふたたび梅次に声をかけ、先に駕籠で深川に行くことにすると告げると、大喜びである。

梅次を残し、音吉をともなって三人揃って小屋を抜け出すと、それぞれの郎党も従ってくるという。

駕籠を六つ並べ、暮れなずむ夕空と競うように駕籠を急がせ、やがて夕闇も落ちて一行が馴染みの料理茶屋〈蓬莱屋《ほうらいや》〉に着いた頃には、外はもうすっかり宵闇《よいやみ》のなかで

あった。

店先の通りには馴染み客がそぞろ提灯片手に集まってきて、ぞくぞくと暖簾《のれん》を分け、店に入っていく。

（深川は、やはり賑やかでよいな……）

俊平も、心なしかうきうきとした気分になっている。

馴染みの番頭《ばんとう》が現れたので、

——筑後三池藩と伊予小松藩のお殿さまだ、粗相《そそう》のないようにな。

と言い添えると、二人の大名を前に、にやけた顔の番頭がハッとあらたまった。

奥の座敷に案内されると、すぐに黒羽二重《はぶたえ》の芸者衆が五、六人、部屋になだれこんできた。

場馴れのしていない二人の大名は、そわそわとして落ち着かない。

酒膳が運ばれ、三人それぞれに芸者がついた。

俊平の脇はさっきの音吉という若い芸者で、むろん梅次がもどってくるまでのつなぎである。

「賑やかにやっておくれ」

俊平が女たちに声をかけると、

三味《しゃみ》に太鼓《たいこ》も入った賑やかなお囃子《はやし》で、芸者衆が座敷狭しと踊りはじめる。

座に呑まれていた二人も、ようやく芸者の酌《しゃく》で酒をちびちびと舐《な》めはじめた。

上客と見て、女たちがつぎつぎにやってきた。桜川今助《さくらがわいますけ》という名の幇間《ほうかん》もやってきて、色っぽい得意の話芸で二人の大名に愛想を振りまきはじめた。

口八丁の今助につられて、気のいい一柳頼邦が故郷の話を始めた。

一柳家はかつて豊臣秀吉《とよとみひでよし》の武将であったが、関ヶ原《せきがはら》の合戦では豊臣家を裏切って東軍につき、伊予西条《さいじょう》に六万八千石余りを与えられたが、その当主一柳直盛《なおもり》が領地に向かう途中あえなく病死、三人の息子が三分割して領地を継ぐことになった。

ところが、外様《とざま》大名の辛さ、結局最後まで残ったのは、自分の小松藩一万石のみになったのだと頼邦がぼやいた。

ちなみに、小松藩の名には大した意味はなく、領地に小さな松が群生しているので小松藩と呼ぶようになったという。

「まあ、面白い」

隣で酌をする染太郎《そめたろう》が、あっけらかんとそう言い放つと、謹厳実直《きんげんじっちょく》そうな用人が咳払いをした。

「よいのだ。かろうじて生き残った、とるに足らぬ藩だ」

一柳頼邦は、ちらりと用人を見かえして、自嘲気味に言った。この男は、酒が入るとすぐに愚痴が出るたちらしい。

「国元のお屋敷近くに町はあるんですの？」

顎の小さな染太郎が、切れ長の眸をぱちくりさせて頼邦に訊いた。

「町か。それが、あるようなないような……」

頼邦は、口をもごつかせた。

頼邦の話では、領内は十五ケ村ほどがあるばかりで、町と藩が名前をつけたものはひとつだけ。領民は一万を少し超えるほどだという。

むろん城などはなく、藩庁は陣屋。藩主の家族や下男らの食料、日用品などを調達する商家がちらほらあるほか、煮売り屋、宿屋や風呂屋などもあるという。

小松藩の開祖一柳直頼《なおより》には当時わずかに二十一人の家臣が従っていたというが、頼邦の代になっても家臣の数はそれぐらいのもので、家老は喜多川《きたがわ》家のみ。その家老というのが、側で飲んでいる胡麻塩《ごましお》頭の男であるという。

喜多川は憮然として飲みつづけているところをみると、侮《あなど》られまいと頑《かたく》なになっているのだろう。

「なんの、貧乏藩はわしのところとて同じだ。のう？」

立花貫長が、連れの奴凧《やっこだこ》のような黒々としたもみあげの郎党諸橋五兵衛《もろばしごへえ》に語りかけた。

ひとえに小藩といえど、三池藩の誕生は簡単ではなかった。

戦国の豪勇立花宗茂《むねしげ》の実弟（高橋紹運《たかはしじょううん》の次男）は初め高橋家を継いでいたが、兄の立花を姓とし立花直次《なおつぐ》と名乗っていた。

ところが関ヶ原で兄とともに西軍に属したため、三池の旧領を徳川幕府に没収された。

慶長《けいちょう》十九年（一六一四）の大坂の陣では、徳川方につき、常陸《ひたち》に五千石を得たが、大名復帰は叶《かな》わぬまま死去、ようやく子の立花種次《たねつぐ》の時、五千石を加増されて旧領にもどり、一万石の大名となった。時に元和《げんな》七年（一六二一）のことであった。

「ご先祖さまは苦労された。それを思えば、この虎の子の一万石、大切にせねばならぬ」

立花貫長は強面《こわもて》の郎党と顔を見あわせた。

「立花藩とは運の強いお家だ。きっと今後もよいことがあろうよ」

俊平はそう言ってうなずいた。

「運が開けるかどうかはわからぬが、わが領地から黒い燃える石が採掘される。燃料となるか調べさせている」

「もえる石か」

一柳頼邦が不思議そうに貫長を見かえした。

「金山、銀山のようなものだの。いわば真っ黒の山か」

俊平もそう言ってカラカラと笑った。

ちなみにこれは後に石炭《いしずみ》と呼ばれるもので、これより八年後の元文《げんぶん》三年に貫長の手で採掘が始まるが、この時の貫長には思いもよらないことである。

「されば、柳生藩はいかがじゃ」

立花貫長が、俊平に問いかけた。

「家臣は、ご両家と同じ、百名をわずかに超える程度だ」

「ほう、それでも百人を超えているのか」

一柳頼邦が、驚いたように俊平を見かえした。

「柳生藩はもともと大和《やまと》の豪族だっただけに、所帯がやや大きい」

俊平は笑いながら盃をとった。

「柳生家は室町《むろまち》の頃からつづく土豪でな。一時は松永弾正《まつながだんじょう》に従い、また豊臣秀吉の麾下《きか》にあったこともあった。東照大権現徳川家康公が柳生宗厳《むねよし》（石舟斎《せきしゅうさい》）に剣をもって出仕せぬかと誘った際、自分は歳なのでと長男宗矩《むねのり》を差し出した。これが柳生家と徳川家とのかかわりの始まりだ」

「柳生といえば柳生新陰流。柳生新陰流といえば、剣聖柳生《やぎゅう》石舟斎殿、さらに宗矩殿、三厳《みつよし》（十兵衛）殿だ。柳生の剣は強いのであろうな」

「なに、どんなものですか……」

俊平が、冷やかに言った。

「どういうことだ、俊平殿？」

立花貫長が、意外そうに顔を向けた。

「どちらかと言えば、弱い」

俊平が、皮肉な笑みを浮かべて言った。

貫長と一柳頼邦が、顔を見あわせた。

「と言うても、尾張柳生に比べればだが」

「おぬしは、もともと桑名藩の出。されば、尾張柳生を修めていたのか」

「そういうことだ。それゆえ、私は二重に他者なのだ」

俊平は苦笑いして、また盃をとった。

大和柳生の剣の道程は、石舟斎の孫兵庫助利厳《ひょうごのすけとしよし》を経て、江戸柳生にではなく尾張柳生に伝えられた。

将軍家剣術指南役として、隆盛を極めている江戸柳生だが、実力は尾張柳生が上と評する者も多い。

ことに兵庫助利厳の三男厳包《よしかね》（連也斎《れんやさい》）によって、柳生新陰流は一段と高められ、数々の秘太刀も生まれている。

「藩は江戸柳生、俊平殿は尾張柳生か。それは大変だな……」

一柳頼邦が、真顔になって同情した。

「招かれざる客でな。藩士はみな江戸柳生の祖柳生宗矩についてきた者らだ。将軍家剣術指南役の誇りがある。尾張柳生なにするものぞの気概と激しい対抗心がある」

俊平が、ゆっくりと盃を置いた。

「私も、当初はそれを尊重していた。だが、道場に出て家臣の稽古を観ているうちに、その気はすっかり失せた。あれは酷《ひど》い」

「まあ」

途中から座敷にあがった梅次が、俊平の隣で音吉と顔を見あわせた。

「ところで、おぬし。江戸に来て何年になるのだ」

立花貫長が、やんわりと話を変えた。

「八年、いや九年になる」

「それ以来、おぬし、ふてくされてずっと遊び暮らしていたわけだな」

「おかげで、茶花鼓もさらに上達したし、江戸の町にも詳しくなった」

貫長と頼邦が、顔を見あわせて笑った。

「その茶花鼓だが、いったい何ができるのだ」

「茶は裏千家《うらせんけ》、花は八代流《はちだいりゅう》、鼓、三味線は自己流だが、まあ嗜《たしな》む」

「それなら、まあ俊さま、ぜひ」

梅次が、女たちと顔を見あわせた。

音吉が立ち上がって、三味線を取ってきた。

「ぜひ聞かせてくださいませ」

幇間の今助が、三味線を俊平に手わたした。

俊平がバチを取ると、部屋は静まりかえった。

〽急《せ》くな急《せ》きやるなさよえ　浮世はな車さよえ
〽廻る月日が縁となる　廻る月日が縁となる
〽恋の夜桜浮気で通う　間夫《まぶ》の名取の通り者

「うまい、うまい。『助六』の出の半太夫節の一節でござるな」

立花貫長が、すっかり感激して手をたたいた。

「こりゃ、名人芸ですよ」

今助が、あきれたような顔で俊平を見かえした。

「愉快、愉快！」

芸者も、幇間《たいこもち》も踊りはじめた。

立花貫長も一柳頼邦も立ち上がって踊りはじめた。家老の喜多川も、諸橋五兵衛といういかめしい面体の郎党も立ち上がる。

「こんな愉しい夜は初めてだ！」

二人の大名はすっかり興に乗ってきたようで止まらない。

「お殿さま方、なにか隠し芸でも」

今助が二人を促した。

「いや、困ったな。これといって、そのようなものはないが……」

立花貫長がうつむいたが、

「殿、お得意の猿若舞いなど、いかがでございましょう」

奴凧のような顔の供侍諸橋五兵衛が言う。

「あのようなものでよいのか」

貫長が躊躇していると、

「猿若舞い、大好き」

染太郎がはしゃいだ。

慣れた所作で立花貫長が踊りはじめると、幇間の今助も立ち上がって踊りだす。

「うまいのう、貫長殿」

「うまい、うまい」

頼邦は、腹をかかえたまま笑いが止まらないらしい。

俊平も、笑い転げた。

「一柳様は?」

「はて、これといったものはないが」

頼邦も、困ったように家老喜多川を見かえした。

「されば、殿」

喜多川が、小声で耳うちした。

「あれか」

喜多川が主に代わって言うには、蜜柑《みかん》摘みを真似て、会所の宴会で藩主頼邦がおどけた調子で踊りはじめると、小松の陣屋では家臣がみな、藩主を真似て同じように踊りはじめたという。壁でも這うような滑稽な仕種で一柳頼邦が踊りだすと、これが大受けで、みな笑いが止まらない。

「柳生殿は、やはり剣でござろうな」

貫長が、ちょっと武張った顔になって促した。

「なに、お見せするようなものはない」

俊平も、そう来るだろうと思っていたが、大小は帳場に預けている。

「ならば、剣ではなく、この白扇にて」

俊平がおもむろに立ち上がり、座敷の中央に歩み出ると、宙を切って白扇で斬り結ぶ。

柳生新陰流、

三学円《さんがくえん》の太刀《たち》（尾張遣い）、

九箇《きゆうこ》の太刀、

天狗抄《てんぐのしよう》、

と、俊平がつぎつぎに柳生新陰流の勢法《ぜいほう》を繰り出していくと、みな唖然《あぜん》として見入っている。

すっかり興が乗ったところで、

「我ら一万石仲間、これほどウマが合うとは思わなかったぞ。されば、義兄弟の盃といたさぬか」

貫長が、俊平と頼邦の肩をたたいた。

「殿、あまりに失礼ではございませぬか。柳生様は、久松松平家のご出身にて、徳川家御一門」

奴面の諸橋五兵衛が貫長の袖《そで》を引いた。

「なに、ご遠慮なく。そのようなこと、とうに忘れてしもうた。私はいま柳生家の跡とり。一万石の小藩を、どう盛り立てていくかで頭を悩めている。同じ一万石どうし、久しく交われば、よい知恵も浮かんでこよう」

「よいお言葉だ。われらはこのような田舎者にて、柳生殿にはお教えを乞うばかりであろうが、江戸がこのように楽しいところであることをあらためて教えていただいた。これからも、われらの兄貴分として、どうかお導き願いたい」

頼邦が、膝をあらため平伏した。

「そうだな。剣も茶花鼓も粋な遊びも、我らが兄貴分としてひとつまとめてご指導願いたい」

貫長も、平蜘蛛《ひらぐも》のように這いつくばれば、

「殿、それはちと図々しうございますぞ」

「はは、ご両人ともお手をお上げくだされ。なに、私も立花殿や一柳殿に学ぶことは多々あろう。よしなに頼みます」

「それじゃあ、ここは、三人揃って唐《から》の国の物語『三国志演義《さんごくしえんぎ》』を真似、桃園《とうえん》の誓いとまいりましょう。さしずめ柳生さまが劉備《りゅうび》。立花さまが関羽《かんう》、一柳さまが張飛《ちょうひ》でございますな」

今助が扇を取って、調子よくポンポンと掌《てのひら》をたたきながら三人を見まわした。

「うまいことを申す、今助」

俊平が面白がると、

「へへ、この今助は、これで『三国志』も読破したと自慢しております」

「今助さんたら。本を逆さに持って読んだふりしてるんじゃないのかしら」

梅次がからかうと、

「こいつはどうも」

今助は、扇でぴしゃりと額をたたいた。

「それでは、三国志演義深川の場、義兄弟の契《ちぎ》りとまいりましょう」

梅次が音頭をとると、芸者衆がぐるりと三人を取りまき、盃を頭上に高くかかげた。

三人が盃の酒を一気に飲み干し、脇差しを膝に乗せ、

「金打《きんちょう》」

と互いに鍔を打ち合わせると、目を輝かせて見入っていた芸者らが揃ってわっと喝采《かっさい》した。

金打とは、古来嘘偽りのないことを誓う武士の作法である。

三

それから数日経って、江戸城内西の外れ吹上《ふきあげ》の滝に近い将軍御稽古場で、俊平による将軍家剣術指南の初稽古が行われた。

吉宗の代になって、大幅に手を加えられた吹上御庭は、学問所、天文所の他、馬場、射程場、鉄砲場など、武術全般の鍛練の場が設けられたが、ここ剣道場もさすがに豪壮なものである。

間口五間、奥行十間ほどの稽古場には、八代将軍吉宗の他、小姓《こしょう》、御納戸役《おなんどやく》など側

近の数名と、俊平他柳生の腕達者が数人が籠《こ》もり、初日から充実した稽古が行われた。

誘いをつくって打ち込ませる上級者の仕太刀《したち》と、打ち込む役の打太刀《うちだち》に分かれて、これまで見せたことのない新陰流秘太刀が数々披露《ひろう》され、惜しげもなく将軍に伝えられる。

圧巻《あっかん》は無刀のまま将軍に太刀で打ち込ませ、俊平がそれをさりげなく奪う無刀取りの秘技も披露された。

こうした難解な技は数代前まで江戸柳生においても伝えられていたが、今や知る者がいない。先代の柳生俊方《としかた》は自らは将軍指南はできず、高弟の村田《むらた》伊十郎《いじゅうろう》という者に代わって勤めさせていたという。

ちなみに、この伊十郎は柳生姓を賜り、後に旗本に列せられている。

吉宗と俊平は充実した稽古の後、吹上の稽古場を離れた。

別れ際、吉宗は俊平に声をかけ、

「そちにちと頼みがある。滝近くの四阿《あずまや》にまいれ」

とのみ伝えて去っていった。

俊平は、着替えを済ませると、狐につままれた思いで約束の四阿に向かった。

めざす四阿は、こんもりと樹木の茂る一角にあって、どこかに滝があるのだろう、さわやかな水音が聞こえてくる。

俊平は四阿に座って吉宗を待っていると、人ばらいをして一人になった吉宗が、粗末な綿服《めんぷく》でぶらりと姿を現した。

率先して倹約に励み、綿服に粗末な草履姿で姿を現した吉宗は、どこから見ても将軍とは見えない。町ですれちがえば、どこかの藩の勤番侍としか見えないだろう。

だが、その体軀の大きさは道場での剣術指南の折にも気になっていたが、あらためてこうして見ると、目を瞠《みは》る思いであった。

六尺はゆうにあろう。武術をよくし、相撲も得意とすると聞いていたが、その評判どおりとうなずくのであった。

その大男が俊平をじっと見つめている。

「いやいや、目を瞠る思いであったぞ。これがまことの柳生新陰流というものか」

ふたたび俊平にまみえた吉宗は、四阿の内にどかりと腰を落とすと俊平を前に座らせ、身を乗り出すようにして語りかけた。

「お褒《ほ》めにあずかり、身に余る光栄にござります」

「あの無刀取りは、まこと神業に近いものであったぞ。いまだに、どのようにして余の剣が奪われたのかわからぬ」

吉宗はいまだ興奮さめやらぬ思いで言う。

柳生新陰流の無刀取りは、流祖柳生石舟斎が編み出したものといわれ、背を丸め、両手をだらりと下げた構えから、正面から打ち込んでくる相手の拍子《ひょうし》の裏をとって懐《ふところ》に飛び込み、刀を取りあげるものである。

「ところで柳生、そちとはたしか、すでに目通りしておったな」

「御意。九年ほど前に、養父俊方とともに上様にお目にかかっております」

「そうであった。憶えておるぞ。あの折、そちはまだ二十三歳の青瓢簞《あおびょうたん》であった。正直、後々剣術指南役の大役が務まるのかと心配したものであった」

「おそれ入ります」

俊平は苦笑いして顔を伏せた。

「それが、どうじゃ。先代柳生俊方など型ばかりの披露で、実際は門弟に任せて打ち合うこともしなかった。柳生藩主はしょせん飾りものの指南役と諦めておったのだが、こたびはちがう。これがまことの柳生新陰流と驚き入った」

「まだまだ未熟者にて。過分のお褒めをいただき、ただただおそれ入ります」

「ふむ」

吉宗はもういちど俊平をうかがうように見て、

「そちはたしか、養嗣子として柳生に入ったのであったな」

「久松松平家より、柳生家に入りましてございます」

「そうであった。長らく部屋住みであったと聞く」

「茶花鼓に明け暮れておりました」

「面白いことを言う。茶と花と鼓か。余も紀州《きしゅう》藩主となる前は、そちと同じように茶花鼓に明け暮れる四男坊であった。まかりまちがえば、余が柳生の養嗣子に入っていたやもしれぬな」

吉宗は、ふっと遠い目をして昔を思い出した。

「上様は、御三家の紀州徳川家のご出身。それがしとは比ぶべくもございません」

俊平の記憶では、吉宗はすでに十四歳で、越前葛野《かずらの》に三万石を分け与えられている。

「いや、このような場所にそなたを呼び出したのは、他でもない。そちに内々の頼みがあるのじゃ」

ほとんど初対面に近い俊平だが、木刀を合わせ、たがいに稽古を重ねて汗を流したためか、吉宗はおのずと飾らぬもの言いとなるようである。

とはいえ、いきなり、

――内々の頼み。

とは、あまりに意外である。

「幕府も開闢《かいびゃく》以来百余年。だいぶほころびが出ている。ことに財政の逼迫《ひっぱく》は目を覆《おお》うものだ。そこで、将軍就任の日よりこの方、余はけんめいに幕政の改革に取り組んできた。余も紀州から来たよそ者じゃ。幕閣は、旧態然をよしとして少しも動こうとしてくれなんだ。孤軍奮闘であったぞ」

「お察し申し上げます」

「財政の改革のため、率先して贅沢《ぜいたく》をつつしみ、大奥《おおおく》から金のかかる女どもを追い出したりもした。だがの、こうして改革を急ぎすぎたゆえに、方々に歪《ゆが》みが生じておる。士農工商の各階層から、不満が噴出しておるのだ。目安箱《めやすばこ》はこのところ、咎《とが》めを恐れず幕政を批判する投書が多数投げ込まれるようになった」

「それは、承知しておりませんでした。上様の権勢はますます高く、東照大権現家康公以来の名君として噂されております。いまや正面きってもの申す者が、おらぬようになったのかもしれませぬな」

「余は全能ではない」

俊平は、吉宗の双眸の奥の憂《うれ》いを読みとった。

「そなたは賢明だ。無刀取りは、相手の心を読み、さらにその先を予測し、すばやく対処する。人を深く理解し、その心に反応する者でなければできぬ技だ」

「過分なお褒めにござります」

「柳生家は家康公に仕え、三代将軍家光《いえみつ》公の世には大目付《おおめつけ》を務め、大名に睨《にら》みをきかせていた」

「今や遠い昔のこととなりました」

「そこでそなたに、あらためてそうした役目を頼めぬものかと思う」

「それは、また唐突《とうとつ》なお話にござりまする。それに大目付様はすでにおられまする」

「されば、表の目付では対応できぬ影目付《かげめつけ》の立場から真相を見極めてもらいたい」

「影目付でございますか……?」

「いや、深い存念があってのことではない、そなたの剣さばきがあまりに見事であったゆえ、ふと思いついたことだ。たとえば目安箱だ。幕政への批判は多種多様なものがある。そのもののうち、町方の問題は大岡越前《おおおかえちぜん》に任せておるが、大名にかかわる問題は大目付の役目じゃ。だが、そのようにも割り切れぬ問題も多い。そうした諸問題の解決に、そなたの刀が役立つと思うのだ」

「はたして、それがしごとき若輩が解決できるものでございましょうか」

「そなたは人を観る達人。それに、なによりも余と血を分けた徳川家の一門衆だ。余のため、どうか手足となって動いてもらえぬであろうか」

「されど……」

俊平は咄嗟《とっさ》の申し出に、返答に窮《きゅう》して口ごもった。

「なんの。重く考えずともよい。そなたの剣のように是々非々《ぜぜひひ》に、自由自在に考えてほしいのだ」

吉宗は、もうすっかり俊平が引き受けるものと決めてかかっている。

武辺一辺倒《ぶへんいっぺんとう》の人物と聞いていたが、なかなか人をつかうのも上手《うま》そうである。

（これは、丸め込まれそうだ……）

俊平は警戒した。

「なにか具体的な問題でもござりまするか」

「うむ。ひとつ頭を悩ます問題がある。じつは、これには大岡忠相《ただすけ》も手を焼いておる。大岡もこれに呼んである。相談に乗ってやってくれ。おお、まいったようじゃ」

吉宗は、言うと四阿の外を見た。

彼方《かなた》の小道を小姓に導かれてこちらに向かって来る綿服姿の武士がある。

（これがいま評判の南町奉行大岡越前守忠相か……）

俊平は面前の実直そうな武士を見かえした。

「あれが忠相じゃ」

吉宗は、気心の知れた友人を紹介するように、俊平にその名を告げた。

鰓《えら》の張った四角四面のめりはりのある顔の男である。高い額の上に黒々とした髷《まげ》が乗っている。

眉は太く鼻筋は通りいかにも聡明そうだが、ここまでの一気呵成《いっきかせい》な出世ぶりは有能なただの官吏とも思えない。

「これは柳生様、お初に御意《ぎょい》を得まする。大岡越前守忠相にござります」

大岡忠相は、四阿の縁に佇《たたず》み、俊平に丁寧《ていねい》に頭を下げた。

碁盤《ごばん》のような角顔で、木組みの入ったようながっしりとした顎を持ち、意志の強そうなその顔は頑固そうで重苦しいが、総じて好感を持てそうな男である。

その忠相は、またなにゆえ剣術指南役などという武辺一途《いちず》の大名に引き合わされたかわからず、訝《いぶか》しげに俊平をうかがっている。

「まあ、座れ」

吉宗に促されるまま、忠相は四阿の緋毛氈《ひもうせん》の上に腰を下ろした。

「忠相、例の話じゃ、俊平に相談してみてはどうじゃ」

「はっ？」

とっさの思いつきを口にする吉宗の流儀には忠相も慣れているようであったが、このたびはなんのことやらわからず、首を傾げた。

「火消しの喧嘩《けんか》の一件じゃ」

「は、はい」

忠相は、狼狽《ろうばい》した後、ようやく合点《がてん》がいったのか俊平を見かえした。

何ゆえ剣術指南役の柳生の当主が、火消しの喧嘩にかかわろうとしているのか、ようやく理解できたらしい。

「柳生はこのような役に適任だ。俊平は切れ者よ。新陰流の秘太刀のように、ひらりひらりとかわしながら、よく練られた最善の手を繰り出す。火消しの喧嘩も、柳生の知恵と剣で、きっと解決できると余は見たぞ」

「さようでございますか」

吉宗がそこまで俊平を買っていると知り、忠相はあらためて俊平をまじまじと見すえると、

「しからば、ぜひにもお力をお借りいたしとうございます」

と、深く一礼した。

忠相はじっと俊平を見つめている。

どう対応してよいものか、決めかねているようであった。

一介《いっかい》の旗本から、書院番、使番《つかいばん》、山田奉行、普請《ふしん》奉行ととんとん拍子に昇進を重ね、今や将軍の側近として、その行動と実務能力を高く買われるようになったたたき上げの能吏《のうり》だが、俊平は養嗣子として柳生家を継いだ坊ちゃん大名。まだどこまで信頼できるのか、力が発揮できるのか、判断をつけかねているようすである。

（いささか頼りない、と思うているかもしれぬの）

俊平はその様子を見て、苦笑いした。

大岡忠相があらためて説くところでは、日に日に拡大する江戸の町の消防は、幕府の抱える定火消《じょうびけ》しではもはやとうてい処理しきれないようになっており、十年ほど前に大岡の手によって町火消しの制度が整えられた。

江戸の町にいろは四十八の組を作り、それぞれの地域で発生した火事にこの町火消しが当たることになったという。

費用は各町内がもち、町人のなかから店人足《たな》を出させたが、身軽が身上の鳶《とび》以外は役に立たず、町火消しはほぼ会員が鳶の出身者で構成されることとなった。

鳶は兼任の者も多いという。

俊平も、その件はよく知っている。町場の消防については町火消しの任務だが、大名屋敷からの出火については、各大名が用意した大名火消しがその任に当たるという分担である。

ところが、町火消しの構成員である鳶はもともと命懸けの職業であっただけに気性が荒いうえ、さらに命を張る火消しとなるとその性分はさらに強調され、消火の担当地域が重なる場合はたびたび大名火消しとの争いとなる。大名火消しなど体裁ばかりととのえるが、

――まるで役に立たない。

というわけである。

「こたびは、死人が出ましてな」

大岡忠相は、眉を曇らせた。

「何《いず》れの藩と町火消しの争いです？」

「柳河藩《やながわはん》の大名火消しと、を組の争いです。消し口争いで双方一歩も退かず、町火消

しの者が柳河藩の大名火消しを屋根の上から突き落としたとのことです。調査せよ、とそれがしのもとにご老中から命《めい》が下り、火事場のことゆえ証拠もないまま、慌ただしく突き落とした鳶を遠島処分といたしました。しかし、町火消し側では、鳶はやっていないとのこと。いささか早まった気もしております」

「さようでございますか……」

大岡は素直に反省している。俊平は大岡をなるほど評判どおりの傑物かもしれぬと思った。

「町火消し側は、夜ごとに寄合を開き、猛《たけ》り狂うております。江戸の消防は今や町火消しに頼っており、町火消し一万に臍《へそ》を曲げられては、江戸の消防が成り立ちませぬ。さりとて、押されるままに処分を取り消してしまっては、幕府の面目にもかかわります」

「大名と町人の喧嘩は、町人に有利でございますか。大変な世になりましたな」

俊平が面白そうに言うと、

「まことよの」

吉宗も苦笑いした。

「これも、我が享保の改革のほころびのひとつ」

「そう重くお考えにならずとも、よろしうございましょう」

忠相も苦笑いしてそう応じたものの、軽やかに話を受けとめる俊平を前にどう対応してよいかわからないようすである。

「どうだ、俊平。同じ部屋住みの無駄飯食らいだった者どうし、そちの力が借りられれば、どれだけ心強いかわからぬ」

「上様は、人使いがお上手でございまするな。してその争い、それがしにどうせよと」

「とりあえず、目立たぬように真相を探ってくれぬか」

吉宗が言った。

「奉行所の探索は、もはや手が尽きております」

大岡忠相が、膝を向け懇願《こんがん》するような表情で俊平をうかがった。

「余はかねがね柳生の一万石は、幕府への貢献において少なすぎると思うておる。このたびは影目付ともいうべき大役、一件一件と解決してくれれば、順次加増していこうと思う」

吉宗が、大岡を見て言った。

忠相も、うなずいている。

「それは、ありがたき幸せにございます」

たしかに薄皮一枚で大名身分からすべり落ちずにいる柳生藩にとって、たとえ千石でも二千石でも加増はありがたい。藩のために俊平がはたらけば、そっぽを向いている家臣らも認めてくれよう。

（これは逃れられぬな……）

俊平は苦笑いしてうなずいた。

うまく乗せられたような気もするが、藩主になって後も無聊《ぶりょう》をかこつ日々であっただけに、ちょっとした刺激が加わった思いもある。加増となれば、藩の者も喜ぶであろう。

それに、この事件について手がかりがないわけではない。争いの一方の大名家柳河藩は、立花貫長の三池藩とは親類同士なのである。

「されば、ちと重すぎる大役にございますが、できるかぎりのことをさせていただきます」

「頼りにしておるぞ。して、柳生藩には大目付の任に当たっていた当時の探索方は今もおるのか」

「はて、もはやそのような者は……」

「そうであろうな。忠相、柳生にそのほうの与力、同心を付けてやれ」

吉宗が大岡忠相に命じた。

「あいや、町方が動けばかえって目立ちましょう。ひとまず、それがし一人にて」

俊平は、手をあげて吉宗を制した。

「そち一人で大丈夫か」

吉宗が、驚いて俊平を見かえした。

「それがし一人で大丈夫でございます。身軽な立場にござりますれば、町をひとり歩きいたします。かえって、一人のほうが目立ちませぬ」

「そうか。されば、そちにまかす。もし密偵が必要とあらば、庭番《にわばん》のなかから腕達者を選りすぐって、そちの助《すけ》といたそう」

「ありがたきしあわせ」

吉宗は、満足そうに大岡忠相と顔を見あわせた。

（ここは、後《ご》の先《せん》でゆくか）

俊平は、将軍吉宗からの奇妙な申し出を、柳生の剣に例えてふと考えた。

（まずは、流れのままよ……）

そう己に言い聞かせ、俊平は将軍吉宗、大岡忠相の二人に別れを告げて、飄々《ひょうひょう》と吹上御庭を後にした。

第二章　姫さま一刀流

一

「お聞きいたしましたぞ。殿」

藩主御座所《ござしょ》で、国表から送られた書類の山に目を通していた柳生俊平は、江戸家老脇坂主水《わきさかもんど》の猫撫で声にふと顔をあげた。

「なんだ、藪《やぶ》から棒《ぼう》に」

「殿は、初稽古にて、わが柳生新陰流の秘太刀を上様にご覧に入れ、手をとってご教授なされたばかりか、無刀取りにて上様の打ち込まれた御太刀を奪われたそうでございますな」

これまでは藩主を藩主とも思わず鼻先で嘲笑《あざわら》い、冷やかな眼差しを向けていた江戸家老がそう言ってのけたのだから、その変わりように俊平は目を瞠《みは》った。

「なんの。まだまだだ」

「まだまだと申されますと？」

「これより、お求めとあらば、新陰流秘太刀はすべてご教授するつもりだ」

俊平は主水を見かえし、ハラリと白扇を開いた。

「殿は、いつの間に秘太刀を取得されました。門弟どもはみな、殿のお城でのご活躍を聞き啞然としております」

「なに、見よう見真似だ」

「さらにまた、影目付なるお役目を拝領なされたとも。おはたらきに応じて、ご加増も期待できるそうにございまするな」

「うむ。上様が約束をお忘れでなければの」

「なんの、ご聡明なお方と聞きおよびます。よもや、お忘れになることはござりますまい。我ら家臣一同、殿を徳川御一門の久松松平家よりお迎えした甲斐がございました」

猫撫で声の原因は、どうやら加増にあるらしい。

留守居役を兼務し、他藩の同役と吉原《よしわら》辺りでくだをまくしか能のない、なんともむさ苦しいこの男が、ことのほか熱心に俊平をおだてまくるのは薄気味わるい。

「藩が栄えれば、家臣も栄えまする。これより後の殿のおはたらきを、藩士一同全力でお支えいたしまするぞ」

歯が欠けた間《ま》のぬけた口もとに目をやり、俊平は主水に笑みをかえした。

「それにしてもそち、耳が早いの。その話をどこから聞いた」

「かつては大目付も仰せつかったほどの我が藩でございます。みな、しっかり長い耳を持ちあわせておりまする」

主水は、得意顔で言った。

「おおかた、茶坊主どもの噂話が耳に入ったのであろう。それとも、城内に間者《かんじゃ》でも潜《もぐ》らせておるのか」

「吹けば飛ぶような小藩。そのようなことまではできませせぬ」

どうやら、俊平の推察は当たっているらしい。茶坊主には、だいぶ金を遣っているとみえる。

「そのようなものか。ところで、かつて柳生家が総目付を仰せつかった折、密偵として動いた者はおったのか」

総目付は後の大目付で、いわば大名の監視役である。柳生家は、島原《しまばら》の乱《らん》での的確な情報分析で、この大任を果たした。

「わずか百名余りの柳生家ではございますが、十余名が密偵としてはたらいたと聞いております。また、伊賀《いが》より忍びを雇い入れ、手足にしたとも」

「今は、どうなのだ」

「あの頃から、すでに百年も経っておりまする。世も変わり、当家もその御役は降りておりますれば、今はそのような者は残っておりませぬ」

主水は、淡々と言った。

「ならば、手足となって動く者を、これより養成せねばならぬな」

「とは申せ、幕府大目付はすでに決まっております。また、紀州より上様がお連れになったお庭番もおりますれば、当藩にできることはかぎられておりましょう。殿が気に入られる者を数名、お選びになられれば、それでよろしうございましょう」

「と申しても、私は長くよそ者扱いをされていたので、藩士の顔さえろくに憶えておらぬ」

俊平は、ちょっと皮肉を効かせて主水を見かえした。

「聞き捨てなりませぬぞ。よそ者扱いなどと、藩主を軽視する者など、我が藩にあろうはずもござりませぬぞ。されば、道場をご見聞なされませ。腕達者が揃うておりまする」

憮然とする主水から目を外し、耳をすませば、遠く長屋近くの道場から激しく打ち合う袋竹刀《ふくろしない》の音が聞こえてくる。

「されば、そういたすか。だが、みなの飾らぬ姿を見てみたい。まずは格子窓から覗くことにいたそうか」

「はは、それも一興」

主水は膝を打つと、かたわらの小姓頭森脇慎吾《もりわきしんご》を呼び寄せ、

「殿をご案内いたせ」

と、小声で指示をした。


俊平は本殿廊下から庭に下り、細長い勤番長屋に隣接して建つ道場にまわった。

柳生新陰流道場は藩邸内にあり、表門を開け放っているものだから、袋竹刀の打ちあう音に誘われて、武士、町人の区別なく大勢の見物人が訪れる。

これは数代前の柳生藩主からの習わしで、将軍家剣術指南役に親しみをおぼえさせ、かつその名声を高めることにもなってきたのだったが、

――これでは、名声を貶《おとし》めることにしかならぬな。

と俊平は思うほど、門弟の腕は落ちている。

むろん、そのことに気づく者はそう多くはなかろうが、俊平の目には否定しようもない事実であった。

さらに道場に歩み寄ると、町人に混じって格子窓に数人の侍の姿がある。そのなかで、群れから離れて若衆姿の武士がぽつんと一人、稽古の様子を覗いているのが、俊平の目にとまった。

目を凝らせば、男装の女人である。

歳はまだ二十歳をちょっと超えたくらいか。剣を修めているようで、その眼差しは鋭いが、涼しげな耳元は目を瞠《は》るほど麗《うるわ》しい。

刺子《さしこ》の胴衣に縦縞《たてじま》の袴を穿き、やや高い格子窓を背伸びするように覗いている。すぐその脇に俊平が寄っていくと、なにやらぶつぶつ呟《つぶや》いているのが聞こえた。

――打ちが浅い。

――踏み込みがいまひとつだ。

などと、時折舌打ちしながら、嘲《あざけ》っている。

――なんたること。これで将軍指南役の剣か。これほど情けないものを見るとは思わなかった。

ついにその女剣士は、格子窓に顔を向けたまま呆れはててしまった。

「まったくもって」

俊平は、笑いながら相槌《あいづち》を打った。

「どうすれば、いいのかな」

「はっ？」

女は初めて隣に人がいることに気づき、振りかえった。

俊平は、にこにこと他愛なく笑っている。

「なんのことでございます」

「なんのことはないでしょう。そなたは、先刻からため息をついたり、舌打ちをしたり、あきれかえっていたではないですか」

「あなたは……？」

「あなたと同じ見物人です」

「されば、あなたはどう見るのです、柳生の剣を」

「いまひとつです」

「やはり」

「たとえば、あそこで打ちあっている二人」

女は、道場中央で激しく打ちあう二人を顎でしゃくった。

「もっと気合を入れて打ち込まねば。小手先だけで打ちあっている」

「はは、手厳しい」

俊平は、苦笑いをして、稽古する二人に目を移した。

「いずれも、稽古が足りないようです。息があがっている。あれでは重い真剣で向かい合えば、体が動かず苦もなく斬られてしまう」

女が言う。

「さよう。稽古が足りない。じつは、なんとかしなくてはならぬと思っているところなのです」

「では、あなたは？」

女剣士は、驚いてもういちど俊平に顔を向けた。

「この道場には、いささか縁のある者です」

「縁がある……」

女は、あらためて俊平を見かえした。

「それなら、師範代《しはんだい》に苦言を呈《てい》されるがよい。もっと厳しく稽古をなされよと。これでは柳生新陰流の名が泣きましょう」

「新陰流はお好きか」

「私は柳生新陰流に敬意を抱いてまいりました。柳生石舟斎さま、柳生兵庫助さま、連也斎さま、剣聖に譬《たと》えられる方々を多数排出されております」

「しかし、その三名は江戸柳生の者ではない。今あげられたご先祖さまは、大和ご宗家や尾張柳生の剣豪です」

「江戸柳生は、残念ながら将軍家剣術指南役の名声にうぬぼれ、堕落《だらく》してしまったようです」

「ますます手厳しい。ところで、そなたは何流を修めているのです」

「小野派一刀流《おのはいっとうりゅう》を修めています」

小野派一刀流は、伊東一刀斎《いとういっとうさい》の弟子神子上典膳《みこがみてんぜん》（後の小野忠明《ただあき》）が開いた流派で、その一刀両断の鋭い太刀筋で名を馳《は》せる名流である。

柳生新陰流とともに長らく将軍家剣術指南をつとめていたが、今は御役を解かれ野に下っている。

だが、実力は一刀流が上と言われるほど、その剣名は高い。

伊東一刀斎を受け継いだ小野忠明からはさらに多くの支流が生まれ、それぞれが多くの門弟を抱え、隆盛を極めている。

「小野派一刀流ですか。いずれの道場です」

俊平は女だてらの一刀流剣士がめずらしく、ちょっと無遠慮と思いながら訊《たず》ねた。

「築地《つきじ》の浅見《あさみ》道場です」

「お強そうだが、そなたはどう見ても女人だが……」

「いけませぬか。あなたは、女が剣を学んではいけないと申されるのですか」

女は口を尖《とが》らせ、ちょっとむきになって俊平を見かえした。

「けっしてそのようなことはない」

俊平は首を振って、

「剣は心を養うもの。男も女もない」

きっぱりと言いきると、女は嬉しそうに笑った。

「小野派一刀流は将軍家指南役を解任されましたが、また再任されるべく、厳しい精進を重ねているところです」

「また、ともに競いあいたいものだ」

「そう言っていただければ、とても嬉しうございます」

「ところで、そなたは浅見道場ではどのくらいの位置におられる」

「私は師範代をつとめられるほどの腕を持ち合わせている自信はあるのですが、女だからと、今も〈目録《もくろく》〉のまま。そのうえ、鬼小町《おにこまち》などと綽名《あだな》をつけられ、遠ざけられております」

娘は憮然と言い放ち、悔しそうに唇を嚙《か》んだ。

だいたいどの流派でも〈目録〉は流派の三段くらい、〈免許〉が九段、〈皆伝《かいでん》〉が十段といったところか。

「鬼小町ですか。たしかに鬼のようにお強そうだが、小野小町《おののこまち》のようにお美しい」

俊平が、ちょっと冗談めかして言うと、

「まあ、小野小町ではなく、小野派一刀流の小町でございましょう」

鬼小町は悪戯《いたずら》っぽく笑った。

「面白いお女《ひと》だ。ならば、どうでしょう。このなまくらな江戸柳生に活《かつ》を入れていただくわけにはいきませぬか」

「私に貴流と他流試合をせよと？」

女剣士は、驚いて俊平を見かえした。

「打倒江戸柳生、なのではないのですか」

「それは望むところ。でも、あなたの一存でそのようなことができるのですか」

「まあ、できないわけでもない」

「いったい、あなたはどなたです」

「だから、俊平です。柳生俊平」

あっと息を呑んで、女剣士は俊平を見かえし、穴の開くほど凝視した。

「あなたが御藩主の……！」

「なに。藩主といっても、他家から入った養嗣子です。江戸柳生の壁は厚く、よそ者の私など、しばらくとりあってもくれませんでした。だが、近頃は、ようやく話を聞いてくれるようになった」

「まあ、それはよろしうございました」

「ところでそなたの御名前は？」

「伊茶《いさ》と申します」

「ほう、変わった名前だ。それにしても伊茶殿は、なにゆえ剣を修めておられる」

「お転婆《てんば》で、あれこれ武芸に手を染めるようになりましたが、いちばん剣が面白く、しだいにのめり込んでしまいました」

「なるほど、鬼小町だ」

俊平は、苦笑いしてまた伊茶を見かえした。

「伊茶どのは、武家の娘子のようだが、いずこかの旗本家の姫か」

「いえ、いちおう大名家です。でも、たったの一万石」

「それは奇遇。柳生もたったの一万石です」

「承知しております。兄から聞いております」

伊茶は、またニヤリと笑った。

「兄……、それはどなたです？」

「一柳頼邦です」

「そなたはあの、伊予小松藩の一柳頼邦殿の妹御か」

「はい。以後よろしく」

「ならば、遠慮はいらぬ。柳生ののらくら藩士どもに、早速《さつそく》手厳しい稽古をつけていただこう」

俊平は、さっそく伊茶姫を誘い、道場に招き入れた。

柳生の竹刀《しない》は、他流といささか違っている。

袋竹刀という。

これは流祖上泉信綱《かみいずみのぶつな》が考案したものといわれ、蟇肌《ひきはだ》竹刀とも呼ぶ。

柳生新陰流では、表面に鮮やかな赤漆《あかうるし》を塗ったものを用いているが、この後に鹿《か》島新陰流、馬庭念流、小野派一刀流など、多くの流派の稽古で用いられるようになった。とはいえ、この当時は柳生新陰流のみで用いられている。

小手《こて》をひと揃いつけて道場に現れた伊茶姫に、三十名あまりの門弟があっと叫んで息をのんだ。女人であることはむろん胸の膨《ふく》らみでわかるものの、その女人らしい体つきの剣士が挙措《きよそ》に一分の隙もない。

しかも、藩主俊平に伴われて道場に入ってきたからには、自分たちにかかわりが出てくることは一目瞭然《いちもくりようぜん》である。

「こちらは、小野派一刀流を修めておられる伊茶どのだ。これから試合稽古を行なう」

俊平が伊茶姫を紹介すると、道場にどよめきが起こった。

女とあなどる気配が吹き飛び、門弟はいずれも真剣な眼差しで伊茶姫を見かえした。

「されば、お願いいたします」

伊茶は、胸をはずませて応えた。

俊平は伊茶の相手として、まず二名の若党今井壮兵衛《いまいそうべえ》と、早野権八郎《はやのごんぱちろう》を指名した。

「まず、今井壮兵衛――」

それぞれ五間の間合いを挟んで一礼し、袋竹刀を構える。

〈後《ご》の先《せん》〉が基本の新陰流では、まず相手の出方を待つ構えをとるが、伊茶姫はそのことはじゅうぶん承知している。

かまわず女らしい明るい気合とともに打ち込んでいくと、壮兵衛は流儀にしたがい受けにまわったが、伊茶姫の動きは速い。踏み込んでは二撃、三撃と繰り出してくる。

壮兵衛はたまらず防戦一方となり、ついに壁ぎわに追い詰められて真っ向上段からの一撃であえなく一本を取られた。

一方的な勝負である。しかも女だてらの一刀両断である。

道場に、どよめきが起こった。

姫の強さが段違いであることが、誰の目にも明らかだったからである。

「次ッ、早野権八郎――」

「いざ」

一礼し、早野は竹刀を中段につける。

伊茶姫は、ゆったりと斜め上段に竹刀をとった。

やはり一分の隙もない。

今度は早野の待ちに対して自分も無理をせず、半ば受けて立つかまえである。

姫は悪戯《いたずら》心を刺激されたのかにやりと笑い、あえてかまえを崩して隙をつくった。

早野は体を固くし、微動だにせず伊茶姫の動きを見ていたが、これはと見て、一歩踏み出した。

と、ようやく伊茶姫の竹刀がゆっくりと動きはじめた。

斜め上段から、天をつくように竹刀を高く差しあげ、そのまま踏み込んでくる。

早野は、一気に突きに出た。

するすると間合いは狭まって、早野権八郎の竹刀が伊茶姫の喉元に向かうかに見えたその時、一瞬姫は一羽の孔雀《くじゃく》のように高く飛んだ。

飛びながら、素早く体を捻り、斜めにずらして袈裟《けさ》に打ちおろしている。

早野は突きをかわされ、したたかに打ちすえられてそのまま道場の壁に突きあたった。

道場から重苦しい吐息が漏れた。

まるで相手になっていない。

「次ッ、森脇慎吾――」

俊平が三番目に指名したのは、時折、師範代をつとめることもある俊平の小姓頭森脇慎吾で、さきほどの今井壮兵衛とは腕にだいぶ差がある。

だが、両者竹刀をあわせてみると、やはり伊茶の腕に一日《いちじつ》の長《ちょう》があることは誰の目にも明らかだった。

慎吾は中段にぴたりとつけると、伊茶姫も慎吾の力を知って慎重に中段につける。

慎吾がそのまま押していくと、姫はその刀身を左右に弾き、そのまま踏み込んでするどい突きを繰り出していく。女人とは思えない鋭い歩はこびである。

かろうじてそれを避け、後方に退くと、慎吾はたまらず間合いをとって、左へ右へと道場を回りはじめた。

姫は、それを追ってすべるように前に出る。

慎吾は、それに呼応してさらに退く。

退きながら、慎吾は道場を一周している。

伊茶姫は、相手につねに正面を向け、身体を軸に旋回していた。

「慎吾、逃げるな」

俊平の叱咤《しった》が飛んだ。

やむなく、慎吾が回転を止めた。

よほど相手に圧倒されているのだろう、息があがっている。

だが、もはや逃げるわけにはいかない。

伊茶姫が、つっと前に踏み出すと、慎吾も前に踏み出した。

間合い三間――。

慎吾がそのまますると押し出すと、伊茶姫の一刀がにわかに脇がまえに変わった。誘いの隙である。

次の瞬間、慎吾の竹刀が跳ねあがり、そのまま踏み込んで一文字に打ちおろしていた。

伊茶姫の竹刀が、それを弾く。

弾きながらまっすぐに打ちおろされた一刀は、慎吾の頭上で寸止めにされていた。

「一本――」

俊平の鋭い声が、道場に響きわたった。

「いや、お見事。姫の剣に敵《かな》うものはどうやら当道場にはおらぬようだ」

俊平は思ったままを素直に告げた。

「いえ、まだまだ修行がたりません。できますならば……」

伊茶姫は、うつむいて汗をぬぐっていた顔を俊平に向けた。

「柳生殿にひと手、ご指南いただきとうございます」

「私か。私はだめだ」

「なぜでございます」

「養子で柳生に入った身、江戸柳生は修めておらぬ。とても伊茶姫には敵わぬ」

「それは妙でございます。代々柳生藩主が、柳生宗家から新陰流の道統を継いでおられるはず。俊平さまには受け継がれてはおられませぬのか。柳生の秘太刀を見とうございます」

「秘太刀……?」

「上様の初稽古では、柳生新陰流の秘太刀をご披露なされ、無刀にて上様の木刀を奪われたそうでございます」

「そのようなこと、誰に聞いた」

「一刀流の道場では、もっぱらの噂です」

「噂はうわさ。だが、どうやら手合わせせねば姫は放してくれぬようだ。しかたがない。お相手いたそう」

俊平は後ろ首を撫でると、しぶしぶ慎吾に蟇肌竹刀を持ってこさせた。

「いざ」

たがいに一礼し、竹刀を中段にとる。

伊茶姫は得意の上段、俊平はだらりと竹刀を下段に落とす。

足のひらを少しまるめて三点で立ち、竹刀をやわらかく三本の指で持つ。

固唾《かたず》をのんで門弟が見守るなか、両者とも道場中央で微動だにせず竹刀を合わせる。

相手の出方を待つ態勢である。

柳生新陰流の〈後の先〉をくずさず待つ俊平を見て、伊茶姫は痺《しび》れを切らしゆっくりと動きはじめた。

それに呼応して、俊平も前に出る。

伊茶姫は俊平の隠し技を恐れて、すぐに飛びしりぞいた。

俊平の一刀が、にわかに晴眼《せいがん》に変わる。

それを誘いと知りつつ、伊茶姫はそのまま踏み出していく。

自信のある伊茶姫の動きを見て、俊平はわずかに退いた。

間合い三間で、ぴたりと止まった。

また、俊平が前に出る。

次の瞬間、伊茶姫の一刀が跳ね上がり、俊平に向かって上段からの一撃を浴びせていた。

小野派一刀流一刀両断の剣である。

だが、俊平の体は軽々と流れている。

柳生流独特の歩はこび〈常歩《なみあし》〉で体を移動させていた。世にいうナンバ歩きに近いものである。

右足を踏み出すと同時に、伊茶姫の打ちおろした竹刀を持つ手に小手が決まっている。

「まいりました」

伊茶姫は悔しそうに唇を嚙んだが、すぐにまた明るい表情をとりもどし、

「やはり柳生新陰流は強い――」

深く納得した表情で、俊平に微笑《ほほえ》んだ。

「まぐれです。次は負けるでしょう」

俊平は爽《さわ》やかに笑っているが、伊茶姫は当分の間自分が勝ちを得ることはあるまいと思った。

それほどに、俊平と伊茶姫の腕には大きな開きがある。

二

「あら、俊さん。このところずいぶんお見かぎりでしたね」

堺町の芝居小屋からほど近い煮売り屋〈大見得《おおみえ》〉の女将《おかみ》お浜《はま》が、そう言って俊平を迎えたのは、奇妙な女剣士伊茶と立ち合ってから五日ほど過ぎた日の夕刻であった。門弟の前であらためて実力を印象づけてから、これまで誰からも見向きもされなかった俊平が、にわかに藩士の関心を呼び、

――ご藩主が供も連れずに、お一人で町歩きされてはなりませぬぞ。

などと家老の脇坂主水をはじめ、口うるさい連中が俊平を足止めするため、なかなか身軽に動くこともできなかったが、この日はようやく藩士の隙を見て藩邸の裏門から飛び出してきたのであった。

柳生藩に養嗣子入りした当座は、越後から一緒についてきた用人の梶本惣右衛門《かじもとそうえもん》以外に話す相手すらなく、人恋しさも手伝って、俊平はよくふらふらとこの店に立ち寄っては、町人に混じって酒を飲み、衝立《ついたて》越しに町の人々の雑談に耳を傾けたものであった。

身に着けるものも、将軍吉宗に習って綿の着流しとなれば、一万石の領主と見る者もない。

俊平は、貧乏旗本の次男坊と名のっていたが、疑う者はなかった。

いつしか俊平さんなどと気楽に呼ばれ、飲み仲間となった連中の顔ぶれは、気のい

い裏長屋の住人たちで、棒手振《ぼてふ》りや居職《いじょく》の飾り職人や桶屋《おけや》、太鼓をたたいて歩く法華《ほっけ》坊主《ぼうず》など。そうした者と気軽に飲んでいると、しみじみ越後の片田舎から江戸に出てきたのだと実感したものである。

「近頃、火消しの仁吉《にきち》はよく来るかい」

燗《かん》のついたチロリと、ひじきと油揚げの炊き合わせの小鉢を盆に乗せてきたお浜に、俊平は声をかけた。

「ちょくちょく来るよ。そう言えば、もうじき顔を見せる時分だね。だけど、なんでまた俊さん、仁吉さんに」

お浜はそう言って、俊平の猪口《ちょこ》に愛嬌《あいきょう》でチロリの酒を注いでから、

「ほんとうに、俊さん、久しぶりなんだから。どこかにいい女《ひと》でもできたのかい」

懐かしむように、俊の首の辺りに鼻を近づけた。

「ああ、俊さんの匂いだ。でも、女っ気はなさそうだね。あたしゃ、これでけっこう鼻が効くんだよ」

お浜は、また大袈裟に鼻を鳴らした。

「いや、じつは女っ気はあった。凄い女と腕だめしをしたよ」

「まあ、腕だめしって、あっちのほうかい」

憎らしげに、お浜は俊平を睨んだ。

「いや、たまに稽古に顔を出す道場での話だ。それが、相手が女剣士だったのだ」

「まあ、女だてらに竹刀を振るうのかい。世間は広いもんだね」

「そればかりか、二刀を腰にたばさんでいる」

「まあ、あんな重い刀を腰に落として、女だてらによく歩けるよ。あたしなんか、酔っぱらいの大工道具を片づけてやるだけで、息があがるのにさ」

「たしかにその細腕では、ちと無理であろう」

俊平は、からからと笑った。

「それにしても、どんな顔をしてるんだい。その女剣士。さぞや鬼瓦《おにがわら》みたいないかめしい顔なんだろうねえ」

「いやそれが、見た目にはどこから見ても茶目っ気たっぷりのお姫さまだ」

「まあ、妬《や》けるよ。ほんとうはどんな腕試しをしたんだか」

そういって軽口をたたいていると、店の暖簾を大きく分けて、くだんの鳶の仁吉がぬっと現れた。

「仁吉さん、俊平さんがお待ちかねだよ」

お浜が声をかけると、

「おや、俊さん。あれ以来だね」

すぐに、俊平の座敷の縁に座り込んだ。

あれとは、ある藩の賭場《とば》に仁吉と繰り出し、三両ほど儲《もう》けた日のことだ。儲けた一両を俊平は気前よく仁吉に分けてやった。

「ところで、おまえのところの町火消しは、何組だ」

「おれんところは、〈は組〉だよ」

「下谷御徒町《したやおかちまち》の辺りは、何組になる」

「あのあたりは〈を組〉だ」

「頭《かしら》は、なんて人だ」

「辰次郎《たつじろう》親方だ。うちの頭取《とうどり》とは仲良くてね。よく誘われて一緒に飲んでるよ。おれも、同席させてもらったことがある」

仁吉は、ちょっと自慢げに鼻を鳴らした。

辰次郎は、町火消し仲間ではちょっとした顔役らしい。

「そいつはいい。ちょっと訊ねたいことがあってね。顔をつないでもらえないかい」

俊平は、空いた茶碗に酒好きの仁吉のためにドブドブとチロリの酒を注いでやった。

「へえ、俊平さんがまたどういう風の吹きまわしだ。あの辺りはこの間、華蔵院《かぞういん》という寺から火が出て、大騒ぎだった。柳河藩の大名火消しと町火消しが消し口争いで大喧嘩になったのさ」

「聞いたよ」

「罪もねえ火消しがよ、奉行所の一方的なお裁きで八丈島《はちじょうじま》送りだ。もう町火消しの連中はカンカンさ」

仁吉が声を強めたので、飲んでいた町の連中が衝立越しに顔を出した。

「それにしてもよ、柳河藩も地に落ちたぜ。汚え手を使って、奉行所を丸め込んだんだろうよ」

「なにが人情裁きの大岡さまだよ」

「目安箱に訴えたって、見向きもしてくれねえっていうじゃねえか」

みな口々に悪口をたれる。

「ちょっと、その辺りのことで確かめたいことがあってな」

「なにかい。俊平さんが、お上《かみ》のお裁きをやり直してくれるってのかい」

「まあ、貧乏旗本の次男坊ではそこまではできないが、力にはなりたいと思っているよ」

「そういうことなら、いいともさ。おいらも島送りになった鳶を助けてやりてえ。誰だって紹介するぜ」

仁吉が胸をたたくと、みなも俊平の脇に座り込んだ。

「で、どこに行けばいい」

「そうだな、話を通しておくから、〈を組〉の組合に来てもらいてえ。だが、待てよ。頭取はあれで町の顔役だから、ちょくちょく出歩いてる。明日、この店にきたほうがまちげえねえ。おれが出先に連れて行くよ」

「すまぬな」

そう話が決まると、あとは飲むだけである。

俊平は町衆の怒りをひさしぶりに耳に入れ胸におさめて、〈大見得〉を出たのは、もう四つ（十時）をまわってからのことであった。

三

「あっ、頭取。またやらかしちまったぜ」

下谷広小路《ひろこうじ》を脇道に入って、一本南の通りを一乗院《いちじょういん》という町中の小さな寺の方角に俊平と並んで歩いていた仁吉が、俊平の着流しの袖を引いた。

前方に大勢の人だかりがある。

表店の髪結《かみゆ》い床《どこ》の前で、人が争いあっているのが見えた。仁吉の言いぶりからして、喧嘩相手の一方は辰次郎らしかった。

だが、相手は三人、しかも二本差しである。

「どいた、どいた」

仁吉が威勢よく群集をかき分けて店の前に出てみると、髪結い床の前で辰次郎が、腕まくりして浪人者三人と渡りあっているところであった。

小柄だがよく陽に焼けた体つきの四十がらみの男で、〈を組〉と染めぬいた七分の刺子の火消し半纏《ばんてん》を着け、威勢よく腕まくりしている。

燃えるような力強い双眸が、相手の侍を睨みつけている。

「辰次郎頭取っ！」

仁吉が声をかけると、辰次郎はちらと仁吉に目をやって、

「おお、おめえは〈は組〉の仁吉じゃねえか」

そう言ったが、また喧嘩相手の侍どもを睨みつけた。

間に入った髪結い床の主《あるじ》が、困り果てたようにようすを見ている。

「いってえ、どうしたんだ」

仁吉が主に訊ねると、

「いえね。昨日、あちらのご浪人の髪を当たったんですがね。なんでも、顔を当たっていると眉をついでに少し落としたとおっしゃるんで」

「ほう」

俊平は、面白そうに浪人の顔をうかがった。

馬頭観音《ばとうかんのん》のような長い馬面《うまづら》の男である。たしかに強面の顔の眉の端がわずかに断ち切れている。

「でもねえ。あたしもこの稼業をかれこれ二十年やってますがね、そんな間抜けなことなんて、一度だってやったことありませんよ」

「そりゃ、そうだろうな」

俊平は、苦笑いして浪人者の顔をうかがった。

人の眉など、そうたやすく剃《そ》り落とせるものではない。

「こやつッ」

馬面の浪人者が、髪結いを睨みすえた。

「だから、いいがかりに決まってるんだ」

辰次郎が、髪結い床の主の言葉を継いで野太い声を張りあげた。

「これは、この髪結いとおれの問題だ。そもそもおまえなどの出てくる幕ではなかろう」

馬面の浪人者が肩をいからせ小柄な辰次郎にのしかかるようにして言った。

「町内の揉めごとは、火消しの頭取が仕切るのが江戸のきまりだ。たとえ相手が二本差しだろうが、将軍様だろうが、道理の通らねえことはおれは認めねえぜ」

「火消しの頭取だかなんだか知らねえが、見ていたわけでもあるまい。黙ってひっこんでおれ」

こんどは別の浪人が、刀の柄《つか》を摑《つか》んで威嚇《いかく》するように前に踏み出し、辰次郎をどなりつけた。

「そうはいかねえぜ。どうせいいがかりをつけて金を強請《ゆす》り盗ろうって魂胆《こんたん》だろう。そんな没義道《もぎどう》をいちいちみとめていたんじゃ、〈を組〉の辰次郎の名が廃《すた》る。さっさと諦めて、家に帰えんな」

「なんだとッ!」

もう一人の狐面の痩《や》せた浪人が鯉口《こいぐち》を切った。

「おい、町人を刀で脅すのはまずいな」

俊平が、スルスルと前にまわって間に割って入った。

「髪結い、眉を落とした覚えはないのだな」

俊平は、振りかえって髪結い床の主に訊ねた。

「あろうはずがございません。うっかり眉を落としちまったら、そりゃ見てわかります。だいいち、どんなに手が滑ったところで、こんな具合に綺麗に眉の端を剃り落とせるはずもねえ」

「まったく道理だな。こ奴がおぬしを強請るために、今朝落としてきたものだろう」

俊平が、苦笑いして眉を指でなぞった。

「貧すれば鈍するというが、いかに食い詰めておろうと、強請りたかりは下《げ》の下《げ》だ。町人を脅して取った金で飯にありついたところで、美味くはあるまい」

「まったくだ」

見物人の間から声がかかった。

「どうだ、私のところにまいれ。飯くらいは食わしてやろう」

「やかましい。浪人といえど、われらも武士。武士を愚弄《ぐろう》すれば、どのようなことになるか、わかっていような」

眉間《みけん》に赤黒い怒気を溜め、狐面の浪人が刀の柄に手をかけた。

「どうやら、引っ込みがつかなくなったようだな。眉ひとつで命の遣り取りなど、愚かしい。ならば、いくら金を出せば許すという」

俊平が、懐をさぐって財布を取り出した。

「関係のないおまえに恵んでもらういわれはない。この髪結いが、ここで土下座し、詫びのしるしに今日の稼ぎを渡せばよい」

「いやなこった。やってねえものを謝れだの、稼ぎを渡せだの。ふざけるんじゃねえぜ」

髪結いが顔を紅《あか》らげて啖呵《たんか》を切った。

町衆がまた、そうだ、そうだ、と騒ぎだした。

「こ奴ッ！」

眉の落ちた浪人が、髪結いに向かって踏み出し、刀の柄に手をかけた。

「待て、待て。かまえてその刀、抜くなよ。抜けば、もはや引っ込みがつかなくなる」

「いや、もうどのみち引っ込みはつかん」

浪人は、もう本気で斬りつけてくる態勢で、柄を握りしめた右手を震わせている。

通りを埋めた群集が、悲鳴をあげて遠ざかった。

「しかたない奴らだ。辰次郎さん、どいていなさい」

「いや、どかねえよ。おれの始めた喧嘩だ。どこのどなたかは知らねえが、始めた当人がどいていたんじゃ、まぬけすぎらァ。それに〈を組〉の辰次郎の名が廃る」

「だが、武士を相手にどうするつもりだ」

「これがある」

辰次郎は懐中から白木の匕首《あいくち》を抜き払う。

「髪結いっ」

辰次郎が、威勢よく命じた。

「へい」

「水をもってこい」

髪結いが柄杓《ひしゃく》を差し出すと、辰次郎は腕まくりしてそれを口に含み、パッと勢いよく匕首をにぎる手と、ついでに左腕にかけた手拭いにも吹きかけた。

「おれの得物《えもの》はこれでじゅうぶんだ。さあ来やがれ」

辰次郎が懐の匕首をサッとかまえると、眉の欠けた浪人が真っ向上段から打ち込んできた刀を、手拭いに絡めてそれを強く引くと、浪人が前のめりになって崩れ、刀を落とした。

その浪人の股間を、思いきり辰次郎が蹴りあげる。

「いて、痛てっ」

浪人者がたまらずに股間を押さえてうずくまった。

見物人から喝采が起こる。

それを見た浪人二人が、今度は俊平に斬りつけてきた。

その剣刃にまるで触れることもなく、風のように爽やかな俊平の峰打ちが、二人の浪人の胴と右肩口を打った。

浪人の骨が鳴いている。

一人は脇腹をかかえてうずくまり、肩を打たれた浪人は、海老《えび》のように体を折って地に伏せ呻いている。

俊平は刀を鞘《さや》に納めると、向き直り、辰次郎に語りかけた。

「辰次郎」

「へい」

「そうまでして男気を見せねばならぬとは、町火消しの頭取も大変な稼業なのだな」

「なに、火消しはいつも命を張ってまさあ。それより旦那、どうしてあっしのことを――」

「なに、おぬしを捜していたのだ」

俊平は、鳶の仁吉を手招きすると、辰次郎に俊平を紹介させた。

仁吉には貧乏旗本の次男坊と紹介させている。

「どうだろうね。その辺りの茶屋で話を聞かしちゃもらえないか。柳河藩の言い分にはどうも無理があるようでな」

「それはよござんすが、なんでお武家さん、あんたが」

「いや。おぬしと同じだ。男気ってやつさ。道理の通らないことを黙って見ていられない性分でな」

「わかりやした。よく訊いておくんなすった。それなら、言いたいことは山ほどある」

辰次郎はそう言って威勢よく胸をたたいた。

俊平は辰次郎と仁吉を誘って、通り沿いに店をだす浅葱色の暖簾を張り出した茶屋に入った。この店の自慢は、餡《あん》をたっぷりのせた団子である。

「喧嘩の後に、甘い物ではちょっとしまりがないが、昼間っから酒というわけにはいくまい。さっそくだが、頭取。例の事件の見立てをお訊ねしたい」

「どうもこうもねえよ、旦那。はっきりしてる。島送りになった喜兵衛《きへえ》は、とても悪いことのできる男じゃねえ。あの時は、柳河藩の上屋敷の隣の華蔵院《かぞういん》って寺から火が出て、その隣の酒屋が消し口に当たっていた。おれの聞いた話じゃ、喜兵衛が一番乗りで屋根を崩しにかかったそうだ。ところが、その屋根の反対側から、柳河藩の大名火消しが遅れてやってきて、ここはこちらに任せろとかなんとかほざきやがったと言う。おまえなんぞのまぬけな大名火消しに譲る道理はねえ、とつっぱねている時に、いきなり背後から別の大名火消しが忍び寄って、その若侍を屋根から突き落としたってんだ」

「別に、もう一人屋根の上にいたのだな」

「そうでさ。そいつの顔を見た奴は他にいねえが、落ちた侍にしたところで、あそこから落ちたくらいで、命を落とすはずもねえ。だが、その柳河藩士は頭を石にしたたかに打ってお陀仏《だぶつ》になったたっていう話だ。しかしあそこにゃ石なんぞ転がってなかった」

「ふうむ、それは妙だな」

俊平は、首を傾げた。

「喜兵衛が八丈に流される前、もういちどおれは奴の話を聞いてやった。喜兵衛の話じゃ、言い合ってたのはたしかだが、その侍との間には五間も間があったそうだ。突き落とせるはずもねえという。だが、後ろから突き落とした別の藩士のことを話しても、柳河藩は知らぬ存ぜぬの一点張りでまるで聞く耳は持たなかったらしい」

「なぜなんだろうね。頭取」

仁吉が訊ねた。

「なあに、事実はどうでもよくて、ハナっからそう決めてかかっていたんだろうな」

「そいつはひでえ」

「奉行所のお白州《しらす》でも、同じだったという。はじめから悪いのは町火消しのほうだって決まっていたらしいぜ。大岡裁きだか、名奉行だかなんだか知らねえが、とにかくこの問題は早く決着をつけたいようすだったそうだ。お奉行はどこに目をつけていやがったのか」

「まったくだよ。だけどさ、それにしても、こりゃア、美味いねえ、美味い」

仁吉が、話を聞きながら団子をがつがつと食っている。

「仁吉、おめえ、大酒飲みだと思っていたが、そんなものに夢中になるところはまるで餓鬼《がき》だぜ」

辰次郎は苦笑いすると、

「まったくだよ」

仁吉が、団子の皿を置いて相槌を打った。

「なにがだ」

「そんな一方的な裁きをされたんじゃ、おれたち町火消しは命を張って纏《まとい》を握る気にはなれねえ」

「そうさな。いろは四十八組の町火消しの頭取は、この間の会合でもみな同じ意見だった」

「なるほどな。話はよくわかったよ」

俊平が心太《ところてん》を盆に戻して辰次郎に向き直った。

「頭取、屋根の上にはもう一人大名火消しがいて、そ奴が背後から突き落としたというんだな」

「そうでさ。話せばじつに簡単なことなんでさ。屋根の上には人が三人いた。たしかに、一人がおっ死んじまって、残った二人が別のことをそれぞれ言っているんじゃ、らちが明かねえ。そこで、さっさと一件落着にしたくてお奉行は大名に味方したんだろうよ。まったく、こんな不当な裁きは聞いたことがねえ」

「なるほどな」

「俊さんと言いなすったね。江戸の町火消し一万人が怒ってる。このままじゃ、割りを食うのは町衆だ。早く争いは納めてえのはやまやまだが、納得できねえんで、納めようがねえんだよ。お旗本なら、なんとかしてくだせえな」

「私一人でどれだけのことができるかわからないが、さいわい柳河藩には知り合いがいる。そのあたりのことを確認してみよう。また会ってくれるかい、辰次郎さん」

「また会いたいねえ。旦那は侍だが、町火消しの味方らしい。いつか酔い潰れるまで飲みましょうか」

そう言って俊平に深々と一礼する辰次郎と仁吉に別れを告げて、俊平はひとり木挽町の藩邸にもどった。

四

俊平が屋敷にもどってみると、

「殿、いずこに行かれておられました」

越後高田藩以来の用人の梶本惣右衛門がさっそく顔を出し、小言めいた口調でひとくさりした。

庭で雀《すずめ》を追っていた小姓頭の森脇慎吾も、慌てて部屋にもどってくる。

「なに、ちと町に出ていた」
「行き先をお残しいただかねば、我ら家臣が困りまする」
惣右衛門は、皺の寄った頬を振るわせて言った。
「どいつもこいつも、加増があるやもしれぬと聞いて、急に態度を変えおるわ。つい
この間までは、養子の藩主など気にもとめておらなんだに」
「柳生の者らはいざ知らず、それがしは変わらず殿にお仕え申し上げておりまするぞ。
それに藩士にしてみれば、殿はたしかによそ者。これまで、親しみの持てるお方では
ございませなんだ。しかし、こたびは吉宗公の前で立派なお披露目をつとめられ、ま
た先日は女人とはいえ他流の者を圧倒、お強いところを見せつけられました。藩士一
同の殿を見る目が一変したのも無理はございません」
「私は私、変わりはせぬぞ」
「めでたいことではございませぬか。家中の者がみな、殿を藩主として認めたのでご
ざりますからな。越後高田藩より殿にお供して柳生家に入った当時は、どうなること
かと思いました。ようやく安堵した思いでございまするぞ」
「そちにも苦労をかけた」

森脇慎吾が、気をきかせて二人のために茶を淹《い》れてくる。

それを、咽《のど》を鳴らしてひと呑みしてから、

「なに、殿のご苦労を思えば、それがしなど。しかしながら、ほれ、このとおり、この歳にして、竹刀だこが厚くなりましてございます」

惣右衛門は、両手を広げ、じっと己の手を見つめた。

俊平の桑名藩には、藩主や家老の血筋に、失脚し縁者を頼って落ちていった三代目服部半蔵《はっとりはんぞう》の血を引く者が多数いたが、この惣右衛門もそうで、武術では忍びの縁者らしく小柄《こづか》打ちをことのほか得意としている。

「うむ。耳も潰れておるな」

「はい」

小姓頭の森脇慎吾が、にたりと笑った。

「そういえば本日も、例の小野派一刀流の女剣士が道場を訪れ、殿はおいでかとお訊ねでございました」

「鬼小町め、また来たか」

「なんでも、手土産《てみやげ》を持参いたしましたとか。伊予のびわ茶だそうにございます」

「伊予の名物は、びわか」

「いたく体によいので、ぜひ殿に飲んでいただいてくれと」

「ほう」

剣に生きる男まさりの娘と見ていたが、意外に細やかな気ばたらきもするらしい。

「とんだじゃじゃ馬姫でございますが、いったい何者でございまするか」

「小野派一刀流の遣い手で、女ながら皆伝級の腕と見た」

「しかし、それにしても女だてらの一刀流、変わり者でございますな」

「あれで、大名家の姫だ。剣の修業に江戸に出て、国表には帰らぬという。とにかく、茶花鼓を習うくらいなら剣術という勇ましい女だ。無礼があってはならぬぞ」

「大名の姫君。何処《いずこ》の姫でございます」

「伊予小松藩だ」

「伊予小松……、聞きませんな」

「わが藩と同じ一万石。菊の間詰めだ」

「ははあ」

惣右衛門は、俊平の顔をうかがってにやりと笑った。

「殿のお遊びのお仲間でございますな」

俊平が一柳頼邦や三池藩の立花貫長とつるんで遊びまわっていることを惣右衛門も

知っている。

「それにしましても、あの姫さまの一途さ、ただごとではござりませぬな」

「はて、どういうことだ」

「俊平さま、俊平さまと。殿に恋い焦がれておるようでございます」

「私もそう思います」

慎吾が、真顔になって言った。

「ませたことを申すでない、慎吾。ただの剣友だ。それより惣右衛門、そちにちと訊ねたいことがある」

俊平は伊茶姫のことから話題を外そうと、そう言ってから、あらためてさっき辰次郎と話したことを思い出した。

「はて、あらたまって何でござりましょう」

「他でもない、我が藩の大名火消しについてだ」

「我が藩の火消しなど、まったくとるにたりませぬ。おそらく出動したところで町火消しらには邪魔者以外のなにものでもございますまい」

惣右衛門が、あっけらかんと言った。

「情けないの。それほどに頼りないものか」

「大名火消しの不甲斐《ふがい》なさは、この森脇がいちばんよく承知しております」

惣右衛門が、森脇慎吾を顎でしゃくった。

「そうなのか、慎吾」

「はい。お恥ずかしながら」

慎吾は、きっぱり言って後ろ頭を撫でた。

無口な慎吾がぼそぼそと口籠もりながら語って聞かせるところによると、江戸市中における大名火消しの存在意義は年を追って弱まっているらしい。

様式と見栄の張り合いで、大名火消しは見かけは派手だが消火に対する意気込みは町火消しとは雲泥《うんでい》の差であるという。

「加賀藩の火消しは、とみに知られておりますが、まるで大名行列でも行うように威儀をただし、現場までの道中に三度も着替えをすると聞きおよびます」

「着替えか――」

俊平は、なんともあきれはてて慎吾を見かえした。

「殿、このこと、考えてみれば無理もない話かもしれませぬぞ」

惣右衛門が話をひきとって、身を乗り出した。

「町火消しはそれ専業、日々体を張って消火活動に励んでおります。一方、大名火消しの持ち分は年々縮小され、今では自藩の屋敷の消火に限られておりまする。出動の機会もあまりありませぬ」

「なるほど。それなら、無理もないか。して、我が藩の火消しはどうなっておる」

「我が藩は、ご承知のごとくわずか百余名の小藩でございますれど、火消し役は他藩同様に置いております。ひとたび火事が起これば自邸を消防し、縁辺の大名邸や藩ゆかりの場所などにも向かいます。火事が近い場合は、見舞い火消しとして繰り出すこともございます。みな一丸となって火消しの任に当たりまする。慎吾もそうであったな」

「はい、それがしも訓練に励んでおりますが、正直、あまりお役に立ってはおりませぬ」

「柳生の剣はひとまず天下に轟《とどろ》いているが、袋竹刀を纏や鳶口に持ちかえれば、町火消しの足元にも及ばぬか」

「お恥ずかしながら」

森脇慎吾は、そう言ってまた頭を掻《か》いた。

「とまれ、当藩も頑張ってはおるようじゃの」

俊平が苦笑いしてうなずいた時、年若い小姓二人が菓子を運んできた。

慎吾が、

「これへ」

と招き寄せた。

「国表より干し柿《がき》が届いております。今年の柿はよい出来で、とても甘うございます る」


梶本惣右衛門が目を細めて言った。

「柿の葉鮓《ずし》の用意もございますれば、持ってまいりましょうか」

「いや、よい。それより火消しの話をつづけよう。巷《ちまた》では、今は柳河藩の大名火消しと町火消しの争いで大騒ぎだ。町火消し一万が、大軍勢となって柳河藩の館を取り囲むやもしれぬとまで噂しておる」

「そうなれば、もはや戦さでございますな。豪勇立花宗茂の末裔《まつえい》が、どのような戦さぶりを行うか、愉しみでございます」

「冗談ではないぞ。惣右衛門。その争い、なんとしても調停せねばならぬ。これが、こたびの上様《うえさま》のご相談でもある」

「さようでございましたか」

梶本惣右衛門が真顔になって俊平を見かえした。

「あの争い。たしかに、腑《ふ》に落ちぬところが多すぎまする」

森脇慎吾があらためて述懐《じゅっかい》した。

「はて、そちもそう思うか」

「はい。大名火消しが消し口を町火消しと争うこと自体、きわめて稀《まれ》なことと申せましょう。町火消しと同時に到着できるほど、大名火消しは俊敏ではございませぬ」

「それはそうであろうな。大名行列のようにおっとり駆けつけるのではの」

「ところが、取り調べでは、屋根の上は町火消し一人、大名火消し一人しかおらず、二人が争っていたということ」

「まったくもって、わけのわからぬ話よ」

惣右衛門が首を傾げた。

「悲鳴をあげて大名火消しが落下していったのを見た者があったそうにございます」

「ところが、を組の頭取が申すには、八丈島送りとなった喜兵衛と申す鳶は、屋根の上には別の大名火消しの者がいたと言い張っていたという」

俊平が〈を組〉の辰次郎から聞いてきた話を二人に聞かせた。

「もしそれがまことであれば、一人は仲間の後を尾《つ》けていたものと思われます。消し口争いで、町火消しを出し抜き、二人が屋根の上にいたなど、まず考えられませぬ」

森脇慎吾が冷静な口ぶりで言った。

「そうであろうな」

腕を組んで話を聞いていた俊平が、茶菓子を手に取って口に運んだ。

「その件でそちに頼みがある」

一口入れた茶菓子を置いて、俊平はあらためて慎吾に向かって身体を傾けた。

「なんなりと、ご用命くださりませ」

「うむ。深川にある柳河藩の支藩三池藩の上屋敷に出向き、藩主立花貫長殿に私からの書状を手渡してほしい」

「かしこまりました」

「柳河藩の内情をいろいろとうかがいたいので、ぜひにもお越しくだされとな。書状はこれよりしたためる。貫長殿には、土産に柿の葉鮓を少々持っていってやれ」

俊平は惣右衛門に向かって用意せよと命じた。

「承知つかまつりました。柳生の里の柿の葉でつくった柿の葉鮓は、格別美味うございます。きっと先方のお殿様も喜んでくださりましょう。して、立花さまとは何処でお会いになられます」

「なに、そちらは来ずともよい」

俊平は、そう言ってからちらと梶本惣右衛門を見やった。

「殿、それがし、大いに不満でございますぞ。聞けば、先日の芝居小屋でのご会合には先方からはそれぞれ家老や用人が出てまいられたそうな」

「そち、なぜそれを知っておる」

「あの伊茶姫さまが、にやにやしながらお話しになっておられました。殿は真面目な兄を、あのような場に連れ出したと」

「はは。自分も行ってみたかったのであろう。それに、あの二人の堅物《かたぶつ》藩主は、もう少し柔らかくならねばの。ことに貫長だ。あの武辺一途のような堅物では、藩の難局はとても乗り切れぬ」

「難局、と申されますと」

「柳河藩はいろいろ問題があってな。やむをえぬ、ひとまずおぬしもついてまいれ、ただし、今宵だけだぞ」

「ありがたきしあわせ」

梶本惣右衛門は、食べかけの茶菓子を皿にもどすと、すっくと立ち上がり、いそいそと外出の支度を始めた。

森脇慎吾は、硯《すずり》と筆を用意しはじめている。

五

意外にも、深川仲町の料理茶屋〈蓬萊屋〉に姿を現したのは、三池藩主立花貫長一人であった。

揉みあげの太い奴凧のような郎党諸橋五兵衛は、屋敷に置いてきたという。

——将軍家剣術指南役の柳生俊平殿が警護してくださる、これにすぐる警護はおるまい。

そう言って叱りつけると、くだんの郎党も二の句がつげなかったという。

「ほれ、みろ。惣右衛門。同じ一万石の立花殿でさえ、お一人なのだ」

俊平は、のこのことついてきた梶本惣右衛門を苦々しく見かえした。

「しかしながら、このようなよい場所に、殿お一人でお出ましとは」

惣右衛門の本音はちがうらしい。よほど深川に出かけてみたかったのである。

「されば、好きなように遊んでおれ」

芸者数人を付けて惣右衛門を部屋に残すと、俊平は別室で立花貫長と密談することにした。

芝居小屋以来馴染みとなった音吉が訪ねてきたが、

「誰も近づけぬように」

と追い返すと、

「早速だが、他でもない。柳河藩の大名火消しと町火消しの争いについて、ちとお訊ねしたい」

額を寄せて俊平が話しかけると、さすがに立花貫長は口が重くなった。

無理もない。俊平はかつて幕府の大目付をつとめたこともある柳生藩の現当主で、将軍家とのつながりも深い。迂闊なことをしゃべって、後々柳河藩にどのようなお咎めがあるかしれたものではないと、貫長は警戒したらしい。

「貫長殿、私は友を裏切るようなことはけっしていたさぬ。上様にも柳河藩には穏便に当たるようお願いする。どうか信じてくだされ」

そう言って、俊平が貫長の盃に手ずから酒器の酒を注ぐと、貫長は探るような眼差しでしばらく俊平を見ていたが、

「わかった。柳生殿を信じよう。じつはな、あの事件には裏があるのだ」

貫長は、ようやく重い口を開いた。

貫長がぼそりぼそりと語りはじめた話の内容は、思いもかけないもので俊平もしば

し茫然《ぼうぜん》と話に聞き入るよりなかった。

貫長によれば、柳河藩の大名火消し久木与七郎《ひさきよしちろう》なる若者が死んだのは、藩の内紛、つまり御家騒動のためであるという。

「なに、わしもそのことを知ったのはごく最近のことだ」

そう言って語りはじめると、よほど思い悩んでいたことなのだろう、貫長の口から藩の内情について怒濤《どとう》のごとく話が迸《ほとばし》り出た。

貫長の話では、現藩主の貞俶《さだよし》から数日前、やむにやまれぬ助勢の要請があったという。

柳河藩はこのところ例年、飢饉や河川の氾濫《はんらん》があい次ぎ、藩の治世は不安定で、一揆もうちつづいているという。

こうした難局に、藩主貞俶の対応は遅れ気味で柳河藩重臣の一門衆や家老衆から隠居を求める声が強いという。

その後釜を狙っているのが弟の立花茂之《しげゆき》の一派で、今や家中が二つに割れて激しい争いに発展しているという。

鳶との喧嘩で殺されたという久木与七郎は藩主の側近で、立花茂之一派の企《たくら》みを秘かに内偵しており、ついに藩主を貶《おとし》めるため弟の立花茂之側が一揆を煽動《せんどう》している事実を摑んだため、消し口争いに見せかけて殺されたのだという。

「天災による飢饉は、けっして藩主の失政ではない。弱みにつけこんで一揆を煽《あお》り、藩を乗っ取らんとする茂之殿のやり方はきわめて悪質だ」

貫長の話では柳河藩家臣団はきわめて複雑な様相を呈しているらしい。

藩主家の家門に属する〈御両家〉は、いわば徳川幕府の御三家に相当するという。立花帯刀《たてわき》家、立花内膳《ないぜん》家がそれで、重臣のうちでは最も格上となる。

次が〈一門家〉で、いわば徳川幕府の御三卿《ごさんきょう》に相当し、立花監物《けんもつ》家、立花大学《だいがく》家、立花右京《うきょう》家がこれに当たる。

さらに家老を排出する家老家、大組組頭《おおくみくみがしら》の世襲家といった家格があり、柳河藩をがっしりと固めているという。

「茂之めの背後には、悪知恵の働く家老大楠丹後《おおぐすたんご》がおる。こうした重臣家に接近し、裏から藩の実権を握らんとしている」

「ふうむ。よくある御家騒動の構図だな」

「十万石にしては、藩の権力構造が複雑すぎるのだ」

「だが、影で濡《ぬ》れ衣《ぎぬ》を着せられ遠島処分となった火消しの喜兵衛が不憫《ふびん》だ。それに、この争いで江戸百万の民にじゅうぶんな消火活動が及ばぬとなれば、一大事だ。放っておくことはできん」

「そのとおりだ。だが証拠はなく、立花貞俶殿は藩内で劣勢に立っておられる。柳生殿、なんとかお力をお借りできぬものか」

立花貫長は膝を詰め、俊平の手を握って頭を下げた。

「藩内の政争は、かなり複雑そうだな。これではまるで絵空事のようで実体がつかめぬ。まずは、立花茂之一派に接近したいものだが」

「柳河藩主の貞俶殿にはいつでもご紹介するが、敵の茂之めにはつてがない。それに柳生殿と知れれば警戒しよう。はて、上手く近づく策はないものか」

立花貫長は酒を口に含んで、咽を鳴らしごくりと飲み込み、宙を睨んだ。

「まあいい。ここで二人して雁首《がんくび》を並べていても、よい考えなど思い浮かばぬ。三味《しゃみ》の音が招いているぞ。まずは合流して賑やかにやろう」

「はて、それはよいが……」

まだ遊び慣れていない貫長は、俊平のいいかげんぶりに首をかしげている。

部屋にもどってみれば、用人の梶本惣右衛門がねじり鉢巻き姿で上半身をはだけ、お気楽そうに踊っているところであった。

「俊平さま、立花さま、お待ちしておりました。ささ、これに」

座敷で待ちうけていた梅次が声をかけると、綺麗どころがわっと二人を取り巻いた。

いずれも辰巳芸者、羽織姿で気っ風がいい。

すぐに三味をとった姉さんの口から、長唄の一節がついて出てくる。

「さ、しばし浮世の憂さを洗い流そうか」

俊平が貫長の肩をとって促すと、

「なるほど柳生殿は遊び上手。この呼吸、学びたいものじゃ」

貫長もようやく俊平流の勝手を知ったか、芸者を抱き寄せうかれ調子で、惣右衛門とともに賑やかに踊りはじめた。

「いやいや、このように愉しく酔うたことは、かつてない。これで頭を切りかえ、難局に当たるとするか」

貫長がすっかり酔いがまわったらしく、紅ら顔を扇であおぎながら気持ちよさそうに呟いた。

惣右衛門はと見れば、まだ踊り足りないのか、それ騒げ、もっと騒げ、と女たちを煽っている。

それを、俊平がにやりと笑って見かえした。堅物を絵に描いたような惣右衛門の酔狂ぶりを見ているだけで愉快である。

「だが、このような堅物が遊びを憶えると人生を狂わせるそうだ」

俊平が、そう言って年来の用人をからかうと、

「わしも、そうなるかの」

立花貫長が、額の汗をぬぐって、心配そうに俊平をうかがった。

「いやいや。貫長殿は、まだまだおかたい」

俊平が貫長の肩をたたくと、

「あたしたちが、みなでお殿さまをほぐしてさしあげます」

女たちが、またわっと貫長にまとわりついていった。


宵も四つ（十時）をまわり、柳生主従は藩邸のある木挽町まで駕籠でゆくことになる。貫長の上屋敷は、ここ深川の海辺大工町《うみべだいくちょう》にあるという。

三人は、玄関の前で料理茶屋の用意する駕籠を待った。

「ご家来衆が心配されておりましょう」

惣右衛門が立花貫長に声をかけると、

「なんの、まだまだ。これくらいの息抜きがなければ、やっておれぬわ」

そう言って貫長が酒気を払うようにふっと吐息したとき、前方の用水桶《ようすいおけ》の影で何か

が動いた。ざっと五、六人の人影が潜んでいるらしい。

「招かざる客がまいったようだ」

俊平がそう言えば、立花貫長がすぐに反応した。

乱闘となれば、駕籠は不利である。

「夜風が気持ちよい。しばらく歩きませぬか、貫長殿。藩邸までお送りする」

立花貫長に声をかけると、

「それもよいな」

貫長は気軽に応じた。海辺大工町まではほど近い。

「しかし、すでに駕籠は頼んでおりますぞ」

惣右衛門が、困ったように俊平に語りかけた。

「駕籠舁《か》きには、いったんここまでもどって乗ると言って待たせておけばよい。我ら二人、先に行っておる。そなたはここで待っておれ」

そう言って、惣右衛門を残し貫長とともに歩きだすと、気配は物陰に身を潜めながら闇を縫うように二人を追ってくる。

「なにやら、殺気を感じる。武者震《むしゃぶる》いするな」

さすがに西国一の豪将と聞こえた立花宗茂の子孫だけに、少々酒が入ったところで闘争の本能は眠っていないらしい。

「宗家の茂之派の手の者であろう。どうやらわしが邪魔になりはじめたらしい」

「そのようですな」

町木戸を幾つか越えて、富岡八幡宮《とみがおかはちまんぐう》の大鳥居《おおとりい》を過ぎる頃、頃あいよしとみたか、追ってきた一団がいっせいに二人に駆け寄り、バラバラと囲んだ。

「卑劣な奴らめ。闇討ちか。見たところ茂之派だな。どうせ家老の大楠丹後あたりが放ったものであろうが、そう簡単には討たれはせぬ」

立花貫長が吠えるように言った。

羽織袴の紋を消しているところみると、何処の藩士かわからぬようにしているらしい。いずれも黒覆面《くろふくめん》で面体を隠しているので正体は知れない。

賊は、いっせいに抜刀した。

「ここは、それがしにお任せくだされ」

俊平は貫長を背後に庇《かば》うと、鐺《こじり》をグイと押し上げ、刀の鯉口を切って身がまえた。

いずれも、武術の心得のある者なのであろう。すぐに俊平が手強《てごわ》いと見て取って、じりじりと後退して間合いを広げている。

だが一人後退せず残った山岡頭巾《やまおかずきん》の侍が、

「怯《ひる》むな、殺《や》れ！」

苛立たしげに左右をかえりみてけしかける。

左右から、また数人がじりじりと間合いを詰めてきた。

立花貫長がたまらず刀の鯉口を切ったが、

「立花殿、ここは控えておられよ」

俊平がもういちど制すると、

「やむをえぬか」

残念そうに、貫長が刀を下げた。

前方の影が動く。抜き打ちざま真っ向上段から打ち込んできた。

それを右前に踏み込んでかわし、俊平は刀をかえして峰打ちにその男の肩を打つと、
男はうっと小さく呻いてそのまま地にうずくまった。

鮮やかすぎる俊平の太刀捌《さば》きに、残りの者は怯んで一歩も動けない。

「手強いぞ」

「怯むな」

男たちが口々にわめきあい、また少しずつ後退する。

「どうした。これだけの数を集め、夜陰に乗じて襲いかかるにしては不甲斐ない西国

武士どもだ。草葉の陰で、藩祖立花宗茂殿も嘆いておられよう」

「小癪《こしゃく》な」

カッとなった左の黒影が、捨て身で突いて出た。

俊平はひらりと翻《ひるがえ》り、延びきった男の小手を刀の峰でポンとたたく。

影は、うっと呻いて刀を落とした。

「うぬら」

立花貫長が、刀の鞘を半ば抜き出して一歩前に踏み出した。

「相手が手強いとみれば、命を惜しんで腰を退く。そのような腰抜けどもに、宗家を預けるなど、とうていできぬ。帰って主《あるじ》に告げよ。三池藩の立花貫長がおるかぎり、うぬらの手に宗家を明け渡すことはないとな」

「はて、小賢《こざか》しき三池の殿だ」

中央の山岡頭巾の男が動いた。

懐を探って取り出したのは短筒《たんづつ》であった。

「御命、頂戴する――」

その侍はぴたりと貫長に狙いを定めた。

「卑劣な。飛び道具か」

貫長が、怯まずにじり寄っていく。

「撃ってみよ。次の弾ごめの間に一刀両断する。うぬの命はない」

俊平も、じりっと前に出た。

「こ奴を斬れ」

影が、また苛立たしげに叫んだ。

だが、俊平を囲んだ黒覆面の男たちは動けない。

俊平が怯まず前に出た。

とその時、いきなり銃声があがった。

山岡頭巾の侍が、思わず短筒を落としている。なにかがこの男めがけて飛来したらしい。

「殿――ッ」

闇の向こうから声があがった。

梶本惣右衛門が物陰から小柄《こづか》を放ったのであった。

それが山岡頭巾の男の腕に当たっている。

「ええい、退《こ》け」

男が痛みを堪えて、左右の黒覆面の男たちに命じた。

打ち据えられた仲間を担ぎあげ、男たちが四散していく。

「ご無事でござったか」

惣右衛門が、大刀を背後にまわし俊平に走り寄った。

「でかした。そちの服部家伝来の小柄は今も健在だな」

「これは、稽古のたまもの」

「それにしても、あの短筒、いずこの藩が買い求めたものか。大きな音であったな」

「殿、ここに落ちておりましたぞ」

闇をさぐって、惣右衛門が落ちていた短筒を拾いあげた。

「この短筒はおそらく密輸品だろう。九州には蘭癖《らんぺき》の大名が多い」

立花貫長が言うと、

「蘭癖ですか？」

「紅毛《こうもう》趣味だ。時計や、地球儀、はては女人の舞い装束まで買い求める者がおる」

「しばらく警護の者は欠かせぬな」

俊平が言う。

「そうかもしれんな」

貫長は、ふと弱気になってつるりと後ろ首を撫でた。

彼方から、雇い入れた空《から》の駕籠が惣右衛門を追って駆けてくるのが見えた。

第三章　お局《つぼね》の城

一

「これはまた、ずいぶんとお賑やかな一行だな」

お愉しみの芝居見物を終えて帰路についた柳生俊平が、前をゆく女たちの群に目を瞠った。

暮れなずむ夕陽に向かって、艶《あで》やかに着かざった女たちが五人、なにやらかまびすしいほどの声で語り合いながら、ゆっくりと家路に向かっている。

いずれも美形ぞろいだが、歳格好からみればもう大年増《おおどしま》。眉を剃り、歯をお歯黒《はぐろ》に染めて、どこかの女房に納まっていてよい歳なのだが、語りあう口ぶりはまるで娘のようにうきうきしていて、生活の匂いがまるでない。

女たちは芝居の筋立てよりも、この日の演目『名月五人男』の雷《かみなり》正九郎《しょうくろう》役の団十郎はよかっただの、新人の女形の誰それは見どころがあるなどと、なかなかの通《つう》な話しぶりであるので、通行人はみなあきれている。

話に夢中なのだろうか、通りに大きく横に広がり、周囲の目などおかまいなしに大きな声で語りあっている。

そうこうしているうちに、芝居帰りの客もまばらとなり、通りを往く者は俊平とこの女たちだけとなった。

西空はすっかり茜色《あかねいろ》に染まり、上空で真っ黒な烏《からす》が荒々しい声をあげている。

と、前方から縦縞の小袖の裾を端折《はしょ》った遊び人風の男が五人、肩をゆすりながらこちらに向かってきた。襟元《えりもと》をだらしなくはだけ、太い晒《さらし》を巻くその姿は、どう見ても素性のよくない連中。

女たちは、男たちに気づき、ハッとして立ち止まった。

その姿を見て、やくざ者は女たちをにやにや笑いながら取り囲んだ。

「おっと、姉さん方。そう怖がらなくたっていいんだぜ。親分が、あんた方をたいそうご贔屓にしていなさる」

奥目の男が、小柄な娘の顎を指で撫でた。

「家に招いて仲良く酒を飲もうって趣向だっただけなのさ。ところが、受けちゃもらえねえ。気のいい親分だが、ちっとばかり腹を立てなすってる。いがみあってたって仕方ねえ。どうだい。仲直りに今夜あたり、三味のひとつも持って訪ねてきちゃくれまいかい」

バラバラと、やくざ者が女たちを囲む。

女たちのなかでいちばん背の高い娘が、きっと男を睨みかえし、

「嫌でございます。あたくしどもは、酒をたしなみませんし、出張稽古はいたしません。そう何度も申し上げたはず」

厳しい口調で言った。

「おれたちゃ、姉さんたちが、芝居小屋でお銚子を傾けていたのを見ていたぜ。芝居見物にゃ、いそいそと出かけるってのに、親分のところにちょいと顔を出すこともできねえってかい。お銚子のひとつも傾けて、笛《ふえ》や太鼓、三味の音で愉しくやってくれりゃ、それで親分も満足なんだ」

「さあ、来い」

頬に刀傷のある男が、小柄な女の腕を取った。

女が、悲鳴をあげて顔を背けると、その視線の先に俊平がいる。

「助けてください」

女は、せいいっぱいの声を張りあげた。

俊平はうなずいて駆け寄っていくと、

「な、なんでえ、おめえは」

「ただの通行人だ。芝居見物をして、いい気分で屋敷にもどるところであった。このご婦人方も同じ気分だろうよ。ところが、無粋なおまえたちがいきなり近づいてきて、酌をしろ、三味を鳴らせなどと無理難題。嫌われるのは当然だろう」

「お侍、おめえの知ったこっちゃねえ。引っ込んでな」

眉の太い奥目の大男が言った。

「そうはいかん。この女たちはいやがっているのがわからぬのか。放してやれ」

俊平が刀の柄に手をかけると、男たちはパッと飛び退いて身構えた。喧嘩慣れした身のこなしである。

「二本差しが怖くて、おまんまが食えるかい。俺たちゃな、この堺町一帯じゃ、ちったあ聞こえた矢崎組《やざきぐみ》のモンだ。おめえのようなサンピンの出る幕じゃねえんだよ」

つるりとした坊主頭の目つきのよくない男が言う。

「矢崎組だか鉄砲組だか知らないが、男伊達《おとこだて》の稼業なら、この往来で無粋なまねはしないほうがいい。こちらのご婦人は、おまえたちを嫌がっている。嫌がる女をしつこく口説《くど》くほど、みっともないものはない。さあ、さっさとうせろ」

そう言って、さらにつかつかと迫っていく。

「てめえ」

男が俊平の勢いに押されながらも、懐をさぐって匕首を引き抜くと、隙を見てダッとつっかかってきた。

俊平は、風のように軽々とそれをかわしている。

同時に、延びきった男の手首を摑み、逆手にとってひとひねりすると、男はたまらずもんどりうった。

「て、てめえ！」

もう一人、狐のように目のつりあがった細面の男が、こちらも懐から手垢《てあか》でくすんだ匕首を引き抜いた。

体を沈め、上目づかいに俊平をうかがいながら、草履《ぞうり》をにじらせ間合いをつめてくる。

「やめておけ。そのへっぴり腰では私は斬れぬ。匕首を振りまわすチンピラ相手に、この備前忠広《びぜんただひろ》を使いとうはないが、どうしてもというのならみせしめに腕の一本でも切り落とすが、どうする」

「ちっ」

刀の柄を左の掌で握ったまま薄笑いを浮かべる俊平を見て、男は眉間に真っ赤に怒気を溜めながら気味悪がって斬りつけることができない。

「畜生、おぼえていやがれ！」

やくざ者らは、精いっぱいの捨て台詞を残し、蜘蛛の子を散らすようにもと来た道を駆け去っていった。

「だらしのない奴らだ」

苦笑いしながら振りかえれば、五人の女たちはまだ震えながら身を寄せ合っている。

「大丈夫か」

「悔《くや》しうございます」

摑まれた手首を揉みほぐしながら、眸《め》の大きな小柄な女がいまいましげに言った。

「危ないところをお助けくださり、なんとお礼を申し上げてよいやら」

三十がらみのいちばん歳嵩《としかさ》の女が、俊平に深々と頭を下げた。屋敷勤めが長そうな、品のよい口をきく女である。

「なに、礼にはおよばぬ。それより、そなたらはちと変わっておられるな」

「変わっている、と申されますと……？」

歳嵩の女が小首をかしげた。

「最前から前をゆく姿を見ていたが、なんとなく浮世離れしておられる。いずこかの大名家の娘御か」

「いいえ、とんでもございません。そんな結構な身分の者ではございません。私たちは、八代さまに大奥を追い出された、憐れな女たちなのでございます」

女はそう言って、みなと憂い顔でうなずきあった。

話を聞いてみれば、健気《けなげ》な女たちである。質素倹約を改革の柱にかかげる将軍吉宗は、大奥の経費を大きく削減するため、女たちのおよそ六割を解雇してしまったのであった。

その際、

――美貌の女たちは、どこにでも嫁の口はあろう。

と真っ先に追い払われ、今や大奥は醜い女だけが残っているという。

そのことを、女たちはちょっと誇らしげに俊平に語って聞かせた。

「ならば、そなたらはいちばん初めに追われた口であろうな」

「はい」

歳嵩の品のいい女が、嬉しそうにうつむいた。

追い出された女たちは、実家には帰らず、習いおぼえた諸芸で身を立てようと、町家を借りきり、一緒に芸事の師匠を始めているという。

「見あげた心がけだ」

俊平は、女たちにすっかり感心してしまった。

「じつは、それがしも半生を茶花鼓《ちゃかぽん》で過ごした」

「お武家さまが、茶花鼓を……？」

歳嵩の女は、意味がわからず怪訝な顔をした。

「茶と花と鼓です。武士の子と言っても、嫡男以外は浮かばれません。部屋住みの生活がずっと長かった」

「まあ、それなら、あたくしどもと似た境遇でございますね。あたしどもも茶花鼓の口でございます」

さきほど、腕を摑まれたつぶらな瞳の女が目を輝かせた。

女たちはそれぞれに名を名乗った。

姉さん格の上品な綾乃《あやの》と吉野《よしの》の二人は三味線を、こちらも歳嵩の常磐《ときわ》は琴を、雪乃《ゆきの》と三浦《みうら》は茶と花を教えているという。むろん大奥仕込みの本格的な芸だけに、立派に生計が立つらしい。

「あの、芝居小屋にいらっしゃいましたね」

吉野という小顔の涼しげな目の女が、頰を微かに染めてうつむきかげんに俊平を見つめた。

「いかにも」

「まあ、やはり……」

吉野は、雪乃と目を見あわせてうなずきあった。

二人して、俊平の噂をしていたらしい。

「お芝居が、お好きなのでございますね」

吉野が、たたみかけるように訊く。

「それはもう。屋敷がこの近くなので、連日のように通いつめている」

「まあ、面白いお方ですこと」

また、吉野と雪乃が顔を見あわせた。

「わたくしどもも、お芝居が大好きでございます。中村座の若い方々も、たまに私どものところに茶花鼓のお稽古にまいられますのよ」

雪乃が、ちょっと誇らしげに言った。

「ほう」

俊平が目を輝かせた。

「ことに武家物のお芝居に、お茶やお花の所作が極《き》まっておりませんと。それに、お囃子《はやし》方の若い衆にも三味や鼓をお教えしております」

「芝居小屋にも、上手な方は大勢おられましょうにな」

「みなさんご多忙で、教えている暇などないとのこと。それに、お給金から自分でお金を出して学ばねば、身につかないと、みなさん言われているそうでございます」

「それは、そうでしょうな」

俊平は、芝居の世界の厳しさに思いをはせた。

「今日のお礼がしとうございます。よろしかったら、これからあたくしどものところにお立ち寄りいただけませんか」

年嵩の常磐が、遠慮がちに俊平を誘った。

「それは、いいが……」

「ねえ、まいりましょう」

剽軽《ひょうきん》で活発な雪乃が、俊平の袖を引いた。

「ちょっと待ってくだされ。とりあえず屋敷にもどらねばなりませぬ」

「お屋敷はどちらでございます？」

「この先です」

俊平は、五人のお局《つぼね》を率いてそぞろ歩きだした。

柳生藩邸は芝居小屋のある堺町の隣町木挽町の屋敷街にあり、二本の柱の上に横木を渡しただけのささやかな冠木門《かぶきもん》の小邸である。門が開け放たれ、道場の剣戟《けんげき》が通りまで響いてくる。

「ここです」

俊平は門前で女たちを見まわした。

「えっ」

常磐があらたまった。

「ここはたしか、柳生様のお屋敷ではございませんか」

袖を引いていた雪乃が驚いて俊平を見かえした。

「柳生さまのご家臣でございますか」

「いや、いちおう主です」

俊平が、頭を掻きながら言った。

「これは、お殿様とは露知《つゆし》らずとんだご無礼をいたしました」

面長の品のいい顔だちの綾乃があらたまって言う。

「なに、お殿様などと言われるほどの大した者ではない」

遠くで俊平を見つけ、若党が数人こちらを見ている。

「まずい奴らに見つかってしまった。いずれ日をあらためて」

「ならば、今日はそのようにいたしますが、いずれお誘いのご案内をさせていただきます」

綾乃は丁寧に頭を下げた。

「されば、楽しみにしております。お局方の女の城がどのようなものか見たいものだ」

俊平が女たちの顔を見まわして言った。

「みなで歓迎させていただきます」

吉野が目を輝かせた。

「ところで、お局さま方の町家はいずこです」

「隣町の葺屋町でございます」

「あの」

年嵩の綾乃がまた俊平に訊ねた。

「なんです」

「ご招待状をお屋敷のどなたさまにお届けすればよろしうございましょう」

「なに、このような小さな屋敷です。俊平殿にお渡しください、と申されれば、用人が届けてくれます」

俊平のあまり気楽な応対ぶりに、女たちはちょっと目を白黒させてみせた。

二

「柳生殿、話を聞いたぞ。深川の料理茶屋で遊んだ帰り道、賊に襲われたそうだな」

登城日の九月十五日、俊平が茶坊主の案内で菊の間に入っていくなり、すっかり顔なじみとなった小松藩主一柳頼邦がいきなり声をかけてきた。

隣の立花貫長と、その折の噂をしていたらしい。

「ちと、油断しておった」

「何者であろうな……」

聞き耳を立てている同室の大名に話を聞かれまいと、一柳はいちだんと声を落とした。

「それがわからぬのだ」

俊平は左右をうかがい、頼邦の耳もとで応えた。

「いやいや、危ういところを柳生殿に助けられた。柳生殿が剣客大名でなければ、今頃は生きておられたかわからぬ」

立花貫長も、声を潜めて話に加わってきた。

地声が大きいので、数人の大名が三人を見かえした。

「その話、貫長殿からお聞きか」

俊平が立花貫長を見かえすと、

「まだ詳しくは話を聞いておらぬ」

一柳頼邦は周囲を見まわし、声を潜めた。

「では、どうして——」

「じつは、妹から聞いた」

「あの姫が。だが、なぜ伊茶姫がそれを知っておるのか……」

「とんだじゃじゃ馬でな。剣術一途とか申し、貴殿の道場にたびたび邪魔して迷惑をおかけしておるそうな」

「されば、門弟から話を聞いたのであろう」

俊平はにやりと笑った。

「相手は盗人ではなく、れっきとした武士の一団であったというが」

一柳頼邦はぜひとも詳細が知りたいらしい。

俊平は、ちらりと周囲の諸大名を見まわし、

「そうだが、場所柄ここでは話がしにくい、後々ゆるりとお話しいたす」

俊平は興奮の収まらない一柳頼邦を抑えた。

「よかろう。それにしても残念。それがしもご一緒であれば、柳生殿の真剣の太刀筋をじかに見られたものを」

「一柳殿、そのような気楽なことを申されるが、相手は数を頼んで襲いかかった強者揃いであった」

「さよう。飛び道具も用意していたのだ」

貫長が、言葉を添えると、

「飛び道具か！」

一柳頼邦が、ぶるんと背筋を震わせ、首をすくめた。

「相手もなにやら必死、貫長殿はしばらく一人歩きを控えたほうがよかろう」

扇を開き、俊平が耳元でそう言うと、貫長は膝を寄せ、

「そのこと。家臣にも、そう言われての。町歩きには、警護の者が数人つくこととなった」

憮然とした口調で嘆いてみせた。

「柳生殿――」

俊平の背後で、聞きおぼえのある野太い声がした。

振りかえれば、南町奉行大岡越前守忠相が着座する大名の間にぽつんと立っている。

「大岡殿――」

俊平は菊の間になにゆえ大岡が立っているのかわからず、

「まあ、お座りなされ」

と、脇を空けた。

町奉行といえど、大岡忠相は旗本。周辺は小禄といえど大名ばかり、心なしか小さく肩をすくめている。

「例の件、その後いかがでござろうな」

忠相は左右を見かえしてから、膝を折って座り込み、俊平の耳元で小声で訊ねた。

といって、あまり気の乗らない口ぶりである。

政治的配慮もあって町火消しの喜兵衛を遠島処分にしたというが、どこか後ろ暗い気持ちが残っているのだろう。

「思いがけない方向に話がすすんでおります」

俊平が落ち着いた口調で言うと、

「やはりな」

忠相は吐息まじりに言った。

「この件、じつはここにおられる立花殿にもかかわりがある。ともどもご報告いたしたき儀がござれば、後ほどお時間をいただけましょうか」

俊平が立花貫長を見かえしそう言うと、

「さようか」

忠相は、ちょっと驚いてうなずいた。

「それでは、大広間での御目見得の後、帝鑑の間にお越しくだされ。刻限は八つ半（三時）でよろしいか」

忠相はそう二人に念を押し、周囲の諸大名にも軽く一礼して去っていった。

二人は約束の刻限きっかりに帝鑑の間を訪れた。

　ここも詰め所としても用いられる部屋で、ここは徳川一門の越前庶流、十万石以上の御家門、譜代《ふだい》六十家が詰めることになっている。

「ほう、さすがにちがうの」

　俊平は、ぐるりと部屋を見まわした。

　襖には唐代の帝王の姿が仰々《ぎょうぎょう》しく描かれ、天井は重厚な造りの格天井である。

　北は連歌《れんが》の間につづき、東は古代中国の聖人伯夷《はくい》と叔斉《しゅくせい》を描いた杉戸、南は中庭に面し、松の廊下と対峙《たいじ》している。

「大岡殿に話せば、いずれ上様のお耳にも達しようが、それでよろしいな」

　俊平はあらためて、立花貫長に念を押した。

「こたびの一件、柳河藩も悪行の一味の犠牲者。貞俶殿は政《まつりごと》はようやっておられる。上様は、きっと穏便に裁いてくだされよう」

　立花貫長も腹をくくっているようである。

「先夜の襲撃の一件も含め、野心を滾《たぎ》らせ悪事を強行している奴ら。ここを、とくと大岡殿にご説明いたす。それに町火消しと大名火消の争いを、このままくすぶらせておくわけにはいかぬ。迷惑しているのは町人」

　俊平の言葉に、立花貫長はもういちど深く頷いた。

待つこと四半刻（三十分）、

「お待たせして、大変申しわけござらぬ」

大岡忠相が慌ただしげに入室してくると、俊平と貫長に頭を下げた。

俊平と貫長がよく選んだ慎重な言葉づかいで忠相にことの次第を説いて聴かせると、忠相は、〈を組〉の辰次郎から聞いた現場のありさまから、柳河藩の藩主追い落としの深謀遠慮まで、黙ってうなずきながら時折柳河藩の事情に説明を加える立花貫長にも耳を傾けていたが、しだいに眉間の険しい皺《しわ》も消え、明るい表情になった。

「さようか。こたびの一件、背後にそのような争いがあったとは、思いもよらぬことでござった」

聡明な人物で、なにかにつけて理詰めで考える性質《たち》の男だけに、得心すれば瑣末《さまつ》なことにこだわるところはないようだ。

「大岡殿。柳河藩はいま苦境に立っておりまする。現藩主立花貞俶殿にもむろんいたらぬところはありましょうが、こたびの騒動、非は明らかに藩主の弟立花茂之と家老大楠丹後の側にある。上様にもお情けをもって柳河藩に寛大なご処置を願わしゅうござるが、いかがでござろう」

俊平が柳河藩を庇うように言うと大岡忠相はすぐにその意図を察した。

「よろしくお願いいたす」

立花貫長がつづいて額を畳に付け平伏した。

「お手をお上げくだされ、立花殿。それがしも、西国のうちつづく飢饉やご領内筑後川の氾濫については話に聞いてござる。ただ、お家騒動の一部始終もたった今お聞きしたばかり、それがしのほうでも、この事件を大目付大場《おおば》忠耀《ただてる》殿とともに調べさせていただく。ま、いずれにしても柳河藩によかれと心をくだく所存でござる」

「ひとまずよかった」

俊平は安堵の吐息とともに、貫長に明るい顔を向けた。

大岡忠相も笑っている。

「三池藩としても、宗家の危機にお力添えなされるがよかろう」

大岡が、貫長に言葉を添えた。

「ありがたきお言葉。柳河藩主立花貞俶にも大岡殿のお言葉を伝え、最善を尽くすよう申し伝えまする」

「それがよろしかろう」

立花貫長は、いかめしい顔を紅く染めて、もういちど頭を下げた。

「ところで、柳生殿。上様からのご伝言がござる。この件にもし密偵がご入用であれば、いつでも用意すると申されておられた。敵が飛び道具も持っておるとなれば、いかに剣の達人といえど、不利となることもござろう。いかがか」

「さようでございまするな……」

俊平は、苦笑いして後ろ首を撫で、

「しからば、遠慮なくお手をお借りすることとしまする」

と応じた。

将軍吉宗もこの一件にはだいぶ関心を向けているらしい。

正直、足手まといになるだけとは思うが、将軍直々《じきじき》の配慮を無にすることもできない。

「さようか。されば、明日にも貴藩上屋敷に向かわせよう。お庭番はみな、日本橋の大丸《だいまる》呉服店で着替えを済ませ、町人の風体《ふうてい》となって現場に向かうがならわし。どのような姿でお訪ねするかわかりませぬが、追い帰されませぬように」

「ははっ、藩の者にも見まごうことのないよう伝えておきまする」

「それが、よろしかろう」

忠相も、俊平の鷹揚《おうよう》な対応に満足してうなずいた。

「ところで大岡殿、お庭番といえば、柳河藩へのこれ以上の探索はいましばらくお待ちいただけまいか」

立花貫長が、そう言って忠相をうかがうように見た。

忠相はにっこりと微笑むと、

「その一件それがしの権限ではないが、上様にもお口添えいたそう。西国一の武勇のお家柄。ご藩主の見事な采配《さいはい》を期待してお待ちしておりますぞ」

そう言って、貫長に大きくうなずいてみせた。

三

「殿、道場にまたあの輩《やから》が来ておりますぞ」

用人梶本惣右衛門が執務中の俊平の藩主御座所にいきなり飛び込んでくると、苦虫を嚙みつぶした顔でそう告げた。

領地から送られてくる藩の財政報告に目を通していた俊平は、やおら惣右衛門に膝を向けて吐息した。

「騒ぐほどのことではない、惣右衛門」

惣右衛門の言うあの輩とは、このところきまって午後になると道場の外に姿を現し、格子窓越しに一刻（二時間）余り立ち合い稽古を見物して帰っていく浪人風の一団のことらしい。

腕にはそうとうの自信があるようで、時折門弟たちに皮肉な薄笑いを浮かべたり、嘲るような眼差しを浴びせかけることもあるという。

「みな嫌がっており、これでは稽古もままならぬ、と不満を申す者が大勢出ております。なんとかいたさねば」

「はて、それは困ったものだの」

俊平もとっさによい策は思い浮かばない。

「殿、困ったものではすまされませぬぞ、門弟どもの士気にもかかわります。稽古の見物を禁じる措置《そち》をお取りくださりませ」

惣右衛門は、俊平の前に胡座を組んで座り込むと、俊平の対応をじっと待った。

「しかしながら、かれこれ百年この方、当流は館の正門を開け道場も見物自由にしてきたよき習わしがある。さすが将軍家剣術指南役、堂々たるものと評判が高い、とそちも自慢していたのではないか」

「しかしながら、あの皮肉な眼差しは、それがしも含めなんとも我慢がなりませぬ。昨日も、若い者にまじって久しぶりに袋竹刀を握りましたが、格子窓からあのような眼差しを向けられては、おちおち稽古もままなりませなんだ」

「そうであろうかの」

やはり、なんとかせねばならぬと俊平も思うが、といって見物人を締め出すのは最後の手段である。

「門弟どもは、しだいに喧嘩腰となっており、道場に招き入れて他流試合をしてみてはどうか、などと申す者まで出ております」

「それこそ喧嘩になろう」

「そうそう、そう言えば、あのような者どもが現れたのは、あの女人剣士が現れて以来でございまするな」

惣右衛門が、ふと思い出したように膝をたたいた。

「伊茶どのが来られてからというか」

そう言われてみれば、俊平にも心あたりがなくもない。

伊茶姫が門弟どもと立ち合い圧倒してから後、浪人風の見物人をちらほら格子窓の向こう側に見るようになったのに俊平も気づいていたのであった。

むろん、伊茶姫には悪意などあるはずはなかろう。伊茶姫と当道場の門弟どもの稽古の様子を聞きつけたどこかの門弟が、興味をおぼえ、見物に来るようになったのだろう。

「その者ら、築地の小野派一刀流の道場の者らかもしれぬな……」

「そうかもしれませぬ」

惣右衛門がうなずいた。

柳生新陰流と小野派一刀流は、いわば百年越しの宿敵といえる。

揃って将軍家剣術指南役を拝命し、互いに競いあって剣技を高めてきた。だが吉宗の代になって、小野派一刀流はその役を解任された。

それだけに、小野派一刀流の側に怨《うら》みは残ろう。

一刀流は将軍家剣術指南役の任を外されたが、剣勢に衰えはなさそうである。

一刀流は開祖伊東一刀斎からその弟子小野忠明へと受け継がれ、それぞれの高弟が己の流儀を唱えるに至っているが、一刀流の道統は脈々と受け継がれてきた。諸国には梶《かじ》派《は》一刀流、中西《なかにし》派一刀流、溝口《みぞぐち》派一刀流等一刀流の名を冠とする流派は多い。

そして、一刀流は今も他流を圧倒するほどの強さを誇っている。

柳生道場の門弟たちに鬼小町と恐れられる伊茶姫の腕を見ても、このことは明らかである。

「やはり、見物人を排除はできぬな。見られて困る粗末な剣なら、まず己の未熟を恥じ入るべきであろう。気にせず精進することだ」

俊平がそう言って突き放すと、梶本惣右衛門もこれ以上は言っても無駄と口ごもってしまった。


森脇慎吾が茶を運んでくる。変わった薫《かお》りのする茶である。

「慎吾、この茶はなんだ」

「びわ茶にございまする。先日の伊茶姫さまの土産物でございまする」

ひと口含んでみると、ふくよかなよい味がする。

「びわの茶など、初めて飲んだ」

「肌がすべすべ白くなると伊茶姫さまが申されておりました」

慎吾は、よく姫と話をするらしい。

惣右衛門は、にやりと笑って俊平を見かえした。

「姫は、いたく殿にご執心とお見受けいたしまする」

「冗談を申すな」

俊平は、苦笑いして飲みかけだった茶を取った。

「いやいや、お見受けするところ、姫は本気でございますな」

「まこととも思われぬ」

「いや、これはひょっとしてお似合いかもしれませぬぞ。歳かっこうといい、家格といい申し分ございません」

惣右衛門は、膝を打って面白がった。

「冗談ではない。妻などもうこりごりだ」

俊平は、苦虫を嚙みつぶしたような顔で惣右衛門を見かえすと、また茶を啜《すす》ったが、すぐに顔を歪めて、茶碗を置いた。なんとも冷めて不味《まず》くなっている。

じつは、俊平はいちど正室を迎えている。

相手は豊後臼杵《ぶんごうすき》藩主稲葉恒通《いなばつねみち》の娘で阿久里《あぐり》といった。父の恒通は三十一歳にして早世してしまったので、父の跡を継いだ藩主である兄のもとからの嫁入りとなった。

だが、まだ十代半ばの阿久里との仲は、突如として裂かれた。

俊平が柳生家に養嗣子となることが決まり、阿久里は無理やり離縁させられ、同族の久松松平家の第三子定式《さだたけ》のもとにあらためて嫁ぐこととなったのである。

正室が離縁され、あらためて他家の正室に入るという異例の措置であった。

これもすべて柳生藩に跡継ぎがなかったためであり、幕府の都合による正室のたらい回しであった。

阿久里はもとより、俊平にも辛い仕打ちとなったが、今は阿久里との音信も絶え、消息すらもわからない。

このようなわけで、

――妻を持つのはもうこりごり。

と俊平が顔を歪めるのも、無理からぬことではあった。

「それに、上様とて正室を亡くされてから継室は持たれておらぬ。大奥におられるのはご側室ばかりだ。上様がそうなされている以上、私もふたたび正室をもつなど、できぬ相談であろう」

「されば、ご側室にお迎えしてはいかが」

「それはできぬ。だいいち一柳殿が許すまい。なにゆえ姫を、同格の一万石の柳生家に側室として出さねばならぬ」

「まあ、それはそうでございましょうが……」

惣右衛門もびわ茶を口に含み、

「これは、やはり美味い茶でございまする」

と唸った。

「それにしても惣右衛門、妙に私の嫁取りに熱心じゃの。なぜそのようなことを考えるのだ」

「それはむろんのことにござりましょう。柳生の跡取りがおらねば、柳生家はまた養嗣子を探さねばならなくなるからにござります。それに、殿もはや三十路《みそじ》。お若こうはござりません。今のうちに子づくりに励まねば」

「もうよい」

俊平は、やおら茶碗を遠ざけた。

「それよりも、その浪人者らの様子だ。一目見ておくか」

書類の束を文机《ふづくえ》の脇に投げて立ち上がると、陽差しのまばゆい庭に出た。

海鼠壁《なまこかべ》を表通りに向けた細長い勤番長屋の裏手に沿って歩いていくと、黒松の影に二人の町人風の男女が立っている。

男のほうはよく陽に焼けた外回りの商人といった顔の男で、歳は三十前後、目尻が垂れていてどこかいたちのような顔つきである。

どうやら、大岡忠相の話していたお庭番らしい。

みなりは商人風だが、厳しい眼差しはむろんちがっている。辺りをうかがう物腰に隙がない。

もうひとりは二十歳前後の女で、甘さのない鋭い眼差しが町女とはちがって見える。

「そなたらは」

俊平が二人に問いかけると、

「お初に御意を得まする。それがし、綾野玄蔵《あやのげんぞう》と申します」

「さなえと申します」

女が続いて俊平に名を告げた。

「どうぞ、我ら二人を御前の手足としてお使いくだされ」

玄蔵は、俊平に歩み寄り低声《こごえ》で呟いた。

「世話になるな。噂に聞く大奥お庭番か。して、どのようなことができる」

「はて、それは」

玄蔵はちょっと苦笑いして、

「戦国の世の忍びのようには器用に動けませんが、盗賊に毛の生えたくらいのことはできましょう」

「ならば、どこの屋敷にでも忍び込めそうだな」

「それと、耳には多少自信がございます。仲間うちには遠耳の玄蔵とも呼ばれております」

「ほう、遠耳の玄蔵か。それは頼もしい。で、そなたは」

俊平は、さなえという女に問いかけた。

「はて、これといって。夜目が利く程度でございましょうか」

さなえは恥ずかしそうに、うつむいた。まだどこか娘らしさを残した女である。

「じゅうぶん頼りになろうな。短筒で狙われた。夜目が利けば、闇に潜む短筒をいち早く見つけてくれよう。私もこれで命も落とさずにすみそうだ」

「どうぞ、おまかせください」

さなえは言葉少なに一礼した。

「ところで、こちらにうかがう前、手土産代わりに柳河藩主の弟立花茂之様のことをあれこれ調べてまいりました」

玄蔵がそう言って、懐中から備忘録《びぼうろく》らしい長い帳面を取り出した。

「ほう」

俊平は、感心して玄蔵の手元を覗いた。さすがに吉宗公が直々に手配したお庭番だけに、機転がきく。

「立花茂之という者、藩主立花貞俶様とはちがい、いたって強欲な性格と評判でございます。権力志向も強く、着々と藩主の座をうかがっており、利権を巧みに利用し自派の勢力を確保しておるようでございます」

「流石《さすが》だ。短い間によく調べたな」

「いえ、これは領内に潜入した仲間のお庭番が歳月をかけて調べあげ、江戸表に報告したものでございます」

「そうか」

玄蔵の話では、このところの茂之は、勢いに乗り、悪質な手段を用いて藩主をぎりぎりに追いつめているという。

「どういうことをしておる」

「一揆勢を裏からけしかけ、領内でつづくうちこわしも、手の者の仕業《しわざ》ではないかと疑われております」

「そこまでして藩主の座を奪いたいものか」

俊平はしばし絶句した。

俊平など、さっさと藩主の座など投げ出して剣と茶花鼓に明け暮れたいと思っている。

「立花茂之の趣味は蘭癖。つまり和蘭《オランダ》渡りの品を集めることにございます。それに、歌舞伎」

さなえが玄蔵に替わって言った。

「歌舞伎か。それなら私と同じだ」

「あちらは、幕がはねると役者を茶屋に呼び出し、派手に酒宴を張るということでございます。さらに茶屋の後は、深川辺りで豪遊を重ねておるとも。領民の苦労など、ものともせぬようす」

「困った奴だ。いや、よく調べてくれた」

俊平は玄蔵とさなえに篤《あつ》く礼を述べた。

「我らに、なんなりとお命じくださりませ。即刻調査しご報告いたします」

「そうだな。ひとまず立花茂之の行動を追ってくれ。機会を見てなんとか接近したいものだ」

「御意――」

一礼して去っていく二人を見送って、俊平はまた長屋沿いの道をひとり道場に向かった。

稽古場をうかがうと、耳をつんざくほどの竹刀の音が轟いている。裏門から道場に入って無言で門弟たちの稽古に見入った。

「ほう、あ奴らか……」

激しく動く門弟たちの向こうで、格子の入った窓越しにじっと道場をうかがう男たちがいる。

いずれも、剣に打ち込む者か引き締まった顔だちの男たちだが、どの面体にも暗い陰りが宿っている。俊平はそれを将軍家剣術指南役を罷免《ひめん》された小野派一刀流の門弟たちの屈辱感と、柳生新陰流への敵意ゆえの陰りと見てとった。

俊平は道場の中央に進み出ると、手をあげて稽古を休めさせ、

「そこで見学をされておられる方々――」

格子窓に向かって朗々《ろうろう》と叫んだ。

「いずれも、ひとかどの武芸者とお見受けした。よろしければ、ともに稽古いたそうではないか。私もお相手つかまつる」

俊平が男たちに声をかけると、男たちは明らかに困惑したそぶりを見せ、憮然と俊平を睨みすえると踵《きびす》を返して立ち去っていった。

どうやら、俊平の腕はじゅうぶん承知しているらしい。

去っていく浪人たちに浴びせかけるように、門弟たちの間からどっと高笑いが起こった。

「らちもない奴らだ」

う。


「尻尾《しっぽ》を巻いて逃げ帰ったわ」

「いや、あの者ら、けっして侮《あなど》るでない。少なくともそちらと五分の立ち合いができよう。今以上に精進せよ」

俊平は険しい表情で言った。

五分どころではない。じつのところ今の力ではほとんどの者は刃が立つまい、と思う。


正門まで出てみると、こちらに背を向けて立つ若衆姿の剣士があった。細身の大小、女にしてはすらりと上背のあるその姿はまぎれもない伊茶姫である。

姫は困ったように俊平に駆け寄ってきた。

「いま駆け去っていきましたあの者らは、じつはわたくしと同じ道場の者でございます。なにかご迷惑をおかけいたしたでしょうか」

「いや、なにも」

「でも、なぜここの道場にやって来たのでしょうか」

「さて、それはわかりませぬな。伊茶姫の道場荒らしを聞き、自信を深めたのでございましょう」

「まあ、道場荒らしなどと、もしそのような結果になってしまったのなら、とんだご迷惑をおかけしてしまいました。それに、俊平さまには為《な》すところなく敗《やぶ》れてしまいましたのに」

「いや、あれはなかなかいい勝負でした」

「お恥ずかしいかぎりです」

「お仲間のことは気になされるな。たがいに切磋琢磨《せっさたくま》すればよいのです」

「今日は、ひと手、ご教授いただきたく、うかがったしだいです」

「それは恐れ入った。姫のようなお強いお方にお教えする剣など、ありませぬ。それに、今日は出かけるところがある。ご容赦願いたい」

「まあ、それは大変でございます。されば、私もお供いたしとうございます」

伊茶姫は真顔になって一歩前に踏み出した。

「ご冗談でしょう。なにが大変なのでしょう。それに、なにゆえ姫が付いてまいられる」

「兄より話をうかがいました。俊平さまは短筒で狙われたそうにございますな。いかに剣の達人といえど、短筒で狙われてはひとたまりもございませぬ。わたくしがお側におれば、短筒を放った相手を、すかさず斬って捨てることができます」

「いや、ご懸念はご無用。藩の者が警護に当たると申しております」

「その」

「なんです」

「こう申しては大変失礼でございますが、ご当家で俊平さまの警護役がつとまるお方はございますまい」

伊茶姫はそうとうのきかない気のようで、言い出したら後に引かない。

「やむをえない。ついてくるならご勝手になさるがいい。だが、これから行くのは、ちと変わったところです」

俊平が、困ったように口籠もると、

「殿――！」

本殿玄関から、若党が三人飛び出してくる。

今井壮兵衛、早野権八郎、岡部《おかべ》一平《いっぺい》であった。

「お出かけの際は、ぜひとも我らをお供にお加えくだされ。ご家老から厳しく命ぜられております。むろん殿のこと、どのような曲者が現れようと剣で劣るわけもございますまいが、飛び道具には敵《かな》いますまい」

「はて、警護の役がずいぶんと増えてしまったようだ」

俊平は軽く頰を指の先で掻いてから、

「やむをえまい。みなもついてまいれ」

諦めてきびすをかえすと、

「もはや、逃れられませぬようでございます」

伊茶姫は、うつむいてクスクスと笑っている。

四

大奥を追い出されたお局五人が健気《けなげ》に稽古事の師匠をして暮らしているという町家は、葺屋町という堺町の隣町であった。すぐ通りの向こうは東堀留川《ひがしほりどめがわ》に面していた。見あげれば黒塀《くろべい》に囲まれた派手な二階家で、庭の手入れもゆきとどき、塀の向こうでは幾本もの松が風に揺れていた。

(なかなか風雅な佇まいだ)

すっかり感心して木戸を開け四人を引き連れ水を打った石畳を数歩すすんでから、

「邪魔をする——」

格子戸の玄関を開けると、雪乃が廊下を駆けるようにして出てきて、

「まあ、よくいらっしゃいました」

嬉しそうに俊平の手をとった。

だが、背後に大勢の供を従えているのに気づいて顔を紅くし、

「あっ、お待ちしておりました」

とあらためて丁寧な口調で一同に挨拶《あいさつ》した。

「一人で来ようと思ったのだが、この者らが付いてくるという。みな気のいい連中だ。一緒に迎えてやってくれ。それに、こ奴らはたしかまだ独り身、婿《むこ》となる相手が見つかるかもしれぬぞ」

「まあ、そのような」

雪乃は、俊平の背後に立つ三人の若党をちらと見て品定めし、くすりと含み笑った。どうやら、雪乃の好みではないらしい。

「して、こちらさまは……？」

次に雪乃は、伊茶姫に目をとめ、目を白黒させた。

「こちらは、お見受けしたところ……」

吉野は伊茶姫を探るようにうかがい、言いにくそうに口籠もった。

「さよう、二刀を指しておられるが、まぎれもない女人です」

「まあ、歌舞伎の世界では男が女を演じますが、女が男の姿をするとは、めずらしいことにございます。はるか慶長《けいちょう》のみぎり、女歌舞伎というものがあったそうに聞いておりますが、まだそのようなものが残っておりましたか」

「いやいや、こちらは伊予小松藩一柳家の姫君で、伊茶姫と申されてな。剣に打ち込んでおられるゆえ、このように男装で二刀を帯びておられる」

「剣に打ち込む……、それでは俊平さまのお弟子さまでございますか」

雪乃は思いのほか勝気らしい。伊茶姫に対抗心を燃やしはじめている。

伊茶姫は、ちょっとうつむいて苦笑いを浮かべながら、

「どうぞ、よしなに頼みます」

と、頭を下げた。

俊平の声を聞きつけ、廊下の向こうからぞくぞくとお局たちが姿を現した。

いずれも俊平が大勢供を連れているのに驚いたが、女の城に若々しい侍たちを招き入れるのは嬉しいらしい。

「このように大勢、この家に殿方がいらっしゃるのは初めてでございます」

綾乃が言えば、

「ほんに、なにやら胸がときめく思いでございます」

と常磐が応じる。

「ご冗談がお上手な」

俊平は、玄関のなかにみなを招き入れて微笑みかえした。

「ささやかながら、先日のお礼にお食事を用意しております。さ、お上がりなされませ」

綾乃が下足を脱いだ五人を先導して、二間つづきの十畳間に案内すると、あらためて最も年長らしい綾乃が三つ指をついて俊平に一礼した。

「ほんに、柳生さまとお知りあいになれて、こんな心強いことはござりません。女ばかりの家とあなどられ、あのようなたちの悪いやくざ者が訪ねてまいります。どうかたびたびお訪ねになり、睨みをきかせてくださいまし」

常盤がすがるような眼差しを俊平に向けた。

俊平は他愛もなく笑って、伊茶姫を見かえした。

「それならば、この伊茶姫も頼りになりまするぞ。剣は小野派一刀流、この三人ではとても太刀打ちできぬ」

「まあ、こちらのお嬢さまが。まことでございますか」

綾乃が、目を丸くして伊茶姫を見かえした。

「嘘など申しませぬ。みなさんも、道場に見物に来られるがいい。この伊茶姫は一刀流の道場では鬼小町と恐れられているそうだが、我が道場でも試合ったところまともに立ち合える相手がおりませなんだ」

「それは頼もしうございます。どうか、女どうし。大奥を追われ、必死に生きているこの女どもをよしなにお頼み申します」

綾乃が、伊茶姫の手を取ってそう言うと、

「こちらこそ、宜しくお願いします」

伊茶姫はあらたまった口ぶりで応え、頭を下げた。

ひととおり挨拶が終わると、年嵩の女たちがかいがいしく酒膳の用意を始めた。

「みなさまをご紹介くださりませ」

三浦が若党三人を見ながら俊平にせがんだ。

若い三人の藩士に俊平は、自己紹介するように伝えた。

「今井壮兵衛にございます」

「早野権八郎、お見知りおきを」

「岡部一平、どうかよろしく」

口々に言うと、大奥仕込みの行儀のよい女たちが相好《そうごう》を崩し、

「まあ」

目を見あわせたり、うっとりと見つめたり、他愛がない。

伊茶姫は、ちょっと場違いな所に来てしまったことに気づき、困ったように恐縮している。それを見た俊平が、

「姫、さきほどの剣の迷いだが……」

と難しそうな顔をして話しかけると、気づかってくれたものとわかり姫は嬉しそうにして、

「このような席で、剣談は無粋にございましょう。おやめくださいませ」

顔を紅らめうつむいた。

それを見ていた吉野が、いまいましそうに雪乃と顔を見あわせる。

俊平は、壁にかけたお局の三味線に目をとめた。

いずれも手がこんでおり、棹《さお》は紅木《こうき》、胴は綾杉胴《あやすぎどう》で、雌猫《めすねこ》の本革を張っているのがわかる。三味線には用途別に、細棹《ざお》、中棹、太棹とあり、掛けてあるのは長唄などで用いる細棹である。

「柳生さまは、三味線を嗜まれるのでございますか」

雪乃がさっそく俊平に銚子を傾けた。それを俊平は朱塗りの盃で受ける。

「なんの少々。長らく部屋住みの暮らしがつづき、養嗣子となった後もすることがないゆえ、茶花鼓に明け暮れていました」

「それでは鼓もなさるのですね」

雪乃が、俊平にすがりついてきた。

「お茶も、お花も……？」

吉野が、うれしそうに語りかけてきた。

「あたしのお弟子さんになってくださいまし」

雪乃が言えば、

「これ、雪乃さん。柳生さまほどの剣の達人なら、お茶もお花も、名人にちがいありません。教えていただくのはあなたのほうです」

燗酒を入れた銚子を盆に乗せて運んできた常磐が、笑って窘《たしな》めた。

若い女たちも立ち上がって常磐と綾乃の手伝い始める。

それぞれの食膳には、お局たちの心尽くしの手料理が並ぶ。

茶飯、味噌田楽《みそでんがく》、卵焼き、目に鮮やかな彩《いろど》りである。

「こちらは人気の奈良茶飯をうちでも作ってみました」

米に炒《い》った大豆を乗せ、塩を加えたほうじ茶で蒸《む》すと綾乃が言う。

「味噌田楽は、江戸風味噌にございます」

「日持ちはいたしませんが、米麹《こめこうじ》がたっぷり使われており、甘みがなんともいえません」

「こっちは卵巻きにございます」

「まだまだ卵は容易に手に入りませんが、この日のために確保いたしました」

常磐が言葉を添えた。女たちが誘いあうように俊平らに勧める。

「伊丹《いたみ》の濁り酒が入っております」

「旨《うま》そうでございますな」

小顔で耳の目立つ今井壮兵衛が声をあげた。

「それで、さきほどのお話ですが！」

吉野が話をもどした。

「鼓もなさるのでしたね」

「ならば、三味と鼓で、わたくしとなにか一曲」

綾乃が三味を壁から外すと、それを吉野に渡し、
吉野が、鼓を俊平に手渡した。

〽鳴るか鳴らぬか
〽山田の鳴子
〽引けばからころからりころり

「お見事にございます。『七福神』の一節でございますね」

しばし、陶然と聞き入っていたお局たちが、我にもどって喝采した。

と、玄関に人の気配がある。

「どなたでございましょう。今日は、お稽古をお休みにしておりますのに」

やおら立ち上がって玄関に立った綾乃が、やがてちょっと背の丸くなった総髪の人物を連れてもどってきた。

「こちらは宗庵《そうあん》先生。お医者さまです。あたくしの、お弟子さん」

常磐が宗庵の肩を抱えて俊平らに紹介した。

いきなり見ず知らずの侍たちの宴席に引き出され、宗庵はちょっとどぎまぎしていたが、

「よろしくお引きあわせのほどを」

思い直して丁寧に頭を下げた。

「こちらは、柳生のお殿さま、それにご家来衆です」

宗庵はいちいち頭を下げると、伊茶姫の姿に驚いたが、すぐににこりと笑った。

「こちらの先生、咽《のど》はそれなりなんですけど、本業のお医者さまの腕は大したもんなんでございますよ」

宗庵はそう言われて、ちょっと嫌な顔をした。

「あたしの持病の腰痛も診ていただいてから、もうすっかり治ってしまいました」

常磐が、嬉しそうに言った。

「そう。お灸《きゅう》も名人。ちっとも熱くないんですから」

雪乃も、宗庵を贔屓にしているらしい。

「そう、お灸は太鼓判。先生のお灸、ご贔屓が多くて、団十郎一座では、そろって先生の患者さんなんですよ」

綾乃がちょっと誇らしげに言った。

「あの〈睨みの団十郎〉だって、先生には一目《いちもく》置いているらしいよ」

「いやそれほどのこともないのですがね」

宗庵はちょっと謙遜《けんそん》してから、

「いや、この間は大御所も疲れが溜まって青菜に塩というほど、げんなりしておられましたが、灸がずんぶん効いたよと元気に……」

「それはいい」

俊平も、宗庵の厄介になりたくなってきた。

大の歌舞伎党だけに、俊平も団十郎の話には目がない。

「役者さんは、体を酷使している。灸と針でほぐすのがいちばんでございます」

宗庵はうなずきながら、やわらかな物腰で俊平に応じた。

「こちらの先生とは、そういうわけで芝居小屋でお知りあいになったんですよ。先生も大のお芝居好き」

常磐が言う。

「それは奇遇だ。私にとっても、歌舞伎抜きの日々など考えられない」

俊平が、宗庵に親しげに声をかけると、伊茶姫が俯《うつむ》いてくすくすと笑った。

大名らしくない屈託のない俊平が面白いらしい。と、玄関の辺りでまた人の声がある。

「また、どなたかおいでになったようですよ」

常磐が、物音に気づいて声をあげた。

今度は、若い雪乃が迎えに出た。

やがて雪乃に腕をとられて姿を現したのは、いかにもやさしそうな物腰の細身の男であった。黒地の着物に手提げ袋、一見商家の道楽息子といった風情《ふぜい》だが、生活の苦労のない浮世離れしたたたずまいは町の遊び人とも思われる。

「これは、これは」

酒宴を囲む俊平一行に男は小腰をかがめて一礼した。

どうやら先方は俊平を知っているらしい。女らしい挙措《きょそ》から察するところ、芝居の女形にちがいない。

「こちら、玉十郎《たまじゅうろう》さん、あたしのお弟子さんなの」

三浦が、俊平に向かって言った。

仲むつまじそうに腕を絡ませている。三浦のお気に入りらしい。

歌舞伎好きの俊平も、舞台を離れて女形を見るのは初めてである。

「こちら、柳生のお殿さまで俊平さま。それから、今井さん、早野さん、岡部さん」

雪乃は、警護の若党を紹介してから、

「こちらは伊茶姫さま。玉十郎さんとは反対。男装のお姫さまですよ」

あらためて伊茶姫を紹介すると、

「まあ、面白い」

と玉十郎は目を輝かせた。

宗庵は紹介しないところを見ると、すでに顔見知りらしい。

「こちらの三浦さんには、お花を教えていただいているのでございます。でも、お師匠さまは五人のお局さますべてでございます」

玉十郎が言った。

「と、申されると」

俊平が問いかえし、銚子の酒を玉十郎に向けた。玉十郎は、それをうやうやしく受けて、

「大奥のお局さまはお品がよく、芸事も達者。武家ものの女形を演じる時は、いつも参考にさせていただいております。それに、女どうしが暮らしているこの家では、みなさま、ごく自然に女らしさを出しておられます。とても勉強になっております」

「なるほど、そういうものか」

俊平も、納得できるところが多々ある。

「柳生さまには、あたしたちに絡んできたやくざ者を追い払っていただきました。それはそれはお強いのでございます」

「それは頼もしい」

玉十郎は目を細めて俊平を見かえした。

「柳生さまは大の芝居好き。たびたび中村座に足を運んでおられるとのことでございます」

「ええ、幕間からたびたびお見受けしております」

「それに、俊平さまは剣術ばかりではなく、鼓の名人」

「まあ、これでございますか」

玉十郎は、肩の上の小鼓を打つまねをした。

「さらに三味線も、お茶もそれから、お花も」

「まあ、凄い」

玉十郎が、いきなりあることを思い出して手を打った。

「小道具の小頭《こがしら》から頼まれているんですが、茶やお花を教えてくださるお師匠を探しているのです。忙しいのでとても若衆の面倒はみられないということで。こちらのお局さま方に教えていただけりゃいちばんいいんだけど、女人禁制の芝居小屋。男でなくては入れません」

「それなら……」

雪乃がちらりと俊平を見た。

「それは面白そうだな」

俊平が手を打った。

「でも」

伊茶姫が、意外そうに俊平を見かえした。

「俊平さまが歌舞伎小屋で茶花鼓のお師匠でございますか」

伊茶姫がそのようなことはありえないという顔で俊平を見かえした。

「いや、私でよければ一座のために役立ちたいが」

「ご冗談でございましょう。お殿さまが……」

常磐も目を見開いて俊平を見かえした。

「前代未聞でございますよ。お茶やお花を教えていただくなど」

将軍家剣術指南役がそのようなことはありえないといった顔で俊平を見かえした。

「殿。ご道楽にも程がございます」

若党の一人、今井壮兵衛が眉間に皺を寄せて叫んだ。

他の二人も、啞然とした顔で俊平を見ている。

「なに、堅苦しく考えることはない。これで、芝居世界がさらに一歩近くなる。ますます人生の愉しみが増えるというものだ」

「それはたしかに面白いお話ではございますが、あまりに恐れ多いことで。座長の団十郎がなんとおっしゃいますか。とまれ、話してみましょう」

玉十郎が言う。

「ぜひ、お願いしたい」

「なんなら、立ちまわりも教えてさしあげては」

面白がって、雪乃が俊平にすがりついた。

「剣術と歌舞伎の立ちまわりはだいぶちがう。それは、あまり役に立つまい」

「まあ、残念――」

吉野が、つまらなそうに言うと、

「ところで玉十郎さんも、宗庵先生も、今日は飲んでいかれるんでしょう」

常磐が、あらためて二人のために酒膳を用意しはじめた。

「今日は休診日でね。うっかり稽古のある日と思ってきてしまった。お邪魔でなければ」

宗庵が一座を見まわした。

「あたくしもお相伴《しょうばん》させてくださいませ」

玉十郎も身を乗り出した。

酒が進めば、みながうちとけて、小さな町家に賑わいが絶えない。

伊茶姫は、あまり酒が、慣れていないのだろう、しばらくたつと調子に乗りすぎたのか青い顔をしている。

「姫、大丈夫か――」

俊平が、心配して声をかけると、

「不覚をとりました。お恥ずかしいかぎり」

うつむいて、首を振ったりしている。

雪乃と吉野がにこにこしながら伊茶姫を見ている。

「強いとはいえ、そこは姫さま。すっかり酔いがまわられたようでございますか」

綾野が、伊茶姫のようすをうかがい、心配を始めた。

「お楽になされませ、さ、こちらに」

常磐が座布団を並べると、

「先生、ちょっと診てやってくださいまし」

宗庵に声をかけた。

「なに、じっとしておれば酔いも醒めようが……」

宗庵が伊茶姫の衿元《えりもと》を広げ、袴の紐《ひも》を緩めると、三人の若侍が咳払いを始めた。

日々、恐ろしげに眺めている剣士が、女であることをあからさまに見て困惑している。

ようやく、伊茶姫の頰に赤みが差しはじめたので、俊平も安堵した。

「今宵はすっかり厄介になったな。まるで龍宮城《りゅうぐうじょう》でひと夜を過ごしたようだ」

俊平が、綾乃に篤く礼を言えば、

「あの折のご助勢に比べれば、とてもじゅうぶんお礼をしてはおりません。喜んでいただいて嬉しうございます」

あらためて丁寧に頭を下げた。

「またおこしくださいませ」

雪乃が俊平にすがりつくと、

「殿、このような警護なら、われらも幾度でもお供いたしとうございます」

酔いの残った岡部が大きな声で言い放って、他の二人とうなずきあった。

「はて、姫さまはどういたそうか」

俊平が、座布団の上で大の字になっている伊茶姫に目を向けた。

「それでは駕籠を呼んでさしあげましょう」

綾乃が立ち上がった。

「いえ、帰ります」

健気に立ち上がったものの、伊茶姫はすぐによろけた。

「これはいかん。世話のやける姫だ」

俊平が、慌てて姫を支えた。

片腕を肩にまわすと、ちょっと吉野が悔しそうに姫を見かえした。

「大丈夫でございます。すぐに酔いが醒めます」

姫は、俊平に腕をあずけて恥ずかしげに顔を紅らめた。

「夜風に当たれば、すぐに酔いも醒めよう。そぞろ歩こうか」

「はい」

「姫のお屋敷はいずこであったか」

「愛宕下佐久間小路《あたごしたさくまこうじ》でございます」

「なに。剣談を交わすには、ほどよい距離だ。送ってつかわそう」

「まあ、そのような」

「よいのだ。一刀流の話をぜひうかがいたい。そのほうら」

俊平は、若党三人を振りかえった。

「は、はい」

岡部一平が、咳払いをひとつして応じた。

「五間ほど離れておれ。姫が私に話しかけにくかろう」

「されば……」

今井壮兵衛は早野権八郎と目を見あわせ苦笑いすると、預けていた大刀を受け取って帰り支度をしはじめた。

第四章 大芝居《おおしばい》

一

それから数日して、まったく面識のない町人ふぜいの初老の男が突然、紋付袴に威《い》儀《ぎ》をただし、柳生邸に俊平を訪ねてきた。

一見して物腰のやわらかい世馴れした人物のようだが、書院に迎えて挨拶をかわせば、なかなか見識もありそうで、どこか文人風の趣《おもむき》のある人物である。

老人は市川団十郎の一座から来たといい、座付の狂言作者をしている宮崎伝七《みやざきでんしち》と名乗った。

なるほど、羽織の紋どころを見れば、見まごうことなき三桝紋《みますもん》で、市川団十郎一座の一員であることがわかる。

髪はもうあらかた白髪で、しかもだいぶ薄くなっているが、芝居世界で暮らしを重ねてきた教養人らしい落ち着きがその物腰にうかがえる。

「役者もしておりました。おもに女形でございましたが、すっかり歳をとりましてな。今は若い役者に演技指導をしたり、座の雑用も受けもったりの座のやっかい者でございます」

そう謙遜はするが、座きっての重鎮《じゅうちん》として、若い役者たちの尊崇を集めているにちがいないと俊平はその人となりから推察した。

「じつは、私は上方《かみがた》で女形をやっておりましてな。江戸に出てきたのは、初代団十郎に誘われてのことで、今からかれこれ三十年も前のことになります。それから、江戸で舞台にもしばらく立っておりましたが、当時は同じ上方の出の女形芳澤あやめが全盛で、あちらは千両役者、どうも分が悪く面白くないので狂言作者に転じまして、いくつか人情ものを書いておりましたが、江戸では荒事《あらごと》の人気が高く、やわな人情話は人気がいまひとつ。『照手姫永代蔵《てるてひめえいたいぐら》』という狂言はそこそこ当たりましたが……」

「ああ、その狂言は知っていますよ。あれは面白かった」

俊平は、目を細めて伝七翁の当たり狂言を回想した。

「ところで、女形の玉十郎の話を聞けば、御前にはこのたび、茶や花のご指導をしていただけるとのこと。ただ、柳生様は将軍家剣術指南役のお立派なお家柄、そのような家のお殿様に、若手の茶や花のご指導いただくなど、もったいないを通り越して目が潰れるほどのことことみな申しております。座頭《ざがしら》の団十郎も、あまりにおそれ多いこと、ご遠慮してはと……」

「いやいや、そのように大袈裟に考えていただく必要は毛頭ありません。私の道楽で、指導にかこつけて、芝居小屋の裏を覗いてみたいだけの話なのです」

　俊平は手を振って、伝七の話を打ち消した。

「それは、まあそうだとは存じますが……」

　伝七は、うつむいて手のひらをこすっている。

「いいのです。まことにもってそうなのであって、私は大の芝居好きで、三日にあげず芝居を見ているのです」

「そのこと、よく存じております。じつは、私も幕間《まくま》から御前のお顔をたびたび拝見しております」

「なんだ。そうですか、それなら話は早い」

「ですが、ご指導のお話は……」

　宮崎翁は言葉を抑えて、

「もし、お気軽に舞台裏にお遊びにおいでになりたい、若手の役者にお声をおかけになりたいと考えていらっしゃいますなら、それはもう、お気軽に遊びにいらしていただいてけっこうなのですが。ただ……」

「いえいえ。ただ楽屋を覗くだけではあまりに面白くない。久しく役者の方々に接したいゆえ、ぜひ花や茶を教えたいのです。なに、趣味でやっていただけの花や茶だ。大それたものではない。ただの道楽とお考えください」

「さようでございますか……」

宮崎翁は俊平の勢いに押され、うなずいた。

「じつは、お招きするとしても、どうすればご無礼に当たらないか、一座では困っております」

「私はこのような性格でしてね。身分だの、侍だのということにこだわらない。じつは忍び歩きで芝居茶屋にも出没しているのです。〈大見得〉のお浜さんとは昵懇《じっこん》だ」

「えっ」

宮崎翁は驚いて俊平を見かえした。

「当方も多忙を極めております。御前をおもてなしはできませぬが、それでよろしゅうございましょうか」

「むろんだ、明日からでも気軽に訪ねさせてもらいたい」

「はは、それはいつでも。いやいや、御前をお訪ねし、お話をうかがってようやく安堵いたしました。玉十郎の話では、お殿様は上下のへだてなく誰とでも気軽に接するお人柄と聞いておりましたが、まことにそのようなお方でございましたな」

宮崎翁は、ようやく茶に手を伸ばし、ふっと吐息をついた。


「ところで、宮崎先生。あなたは戯曲を書いておられるというが、今はどのような芝居を書いておられる」

こんどは俊平が、身を乗り出して宮崎翁をうかがった。

「じつは、火消しの話を書いております。火消しは気性が荒っぽうございますが、それだけに派手な事件がつくりやすく、人気も博しそうです」

「それは、いいところに目をつけられた」

俊平がふむふむとうなずいて目を輝かせた。

今日《こんにち》、歌舞伎狂言には『盲目長屋梅加賀鳶《めくらながやうめがかがとび》』や『神明恵和合取組《かみのめぐみわごうのとりくみ》』など、火消しを題材とする演目が多いが、まだ俊平の頃には、町火消しを題材にするこうした狂言はなかった。

「じつを申しますれば市川団十郎一門は、加賀鳶の〈まさかり髷〉を結うくらい火消し好きなんでございますよ」

このところ、加賀藩の大名火消しが大評判で、その〈まさかり髷〉は大人気であった。

「ところで火消しの喧嘩といえば、この間の柳河藩の大名火消しと町火消しの争いがあったが……」

「あの事件は、じつはだいぶ取材しました。ただ、腑に落ちないことが多すぎて、使えるネタとなるものかわからず、今は棚上げにしております。しかしながら、柳生さまが、またどうして火消しの喧嘩にご関心をお持ちでいらっしゃいます」

宮崎翁が探るような眼差しで俊平をうかがった。

「なに、筑後三池藩主の立花貫長殿と昵懇でしてね。あちらも一万石で気楽なお立場です。先日は一緒に中村座を訪ねました。その立花殿から、火消しの一件で相談を受けております。藩内に、権力争いがあり、この火消しの問題にも絡んでいるらしい」

「そういう話の筋立てなら、面白そうだ」

こんどは伝七翁は、目を輝かせた。

「先日、八丈送りとなった町火消し喜兵衛なる男のことを〈を組〉の辰次郎さんに聞いてみれば、死んだ大名火消しは、どうやら敵方の同じ大名火消しに突き落とされたのが真相のようです」

「それは、考えてもみなかったことです。こう言っては不謹慎でございますが、だいぶ芝居に使えそうな筋立てになってきました」

「それはいい。とんでもない裏話があったというわけだが、心配なのはこのまま町火消しと大名火消しの間で対立が深まり、江戸の消防に滞《とどこお》りが生じるのではないかということです。割りを食うのは、江戸の町民ということになる」

「まことでございます。一刻も早くこの揉め事が解決してほしいもの」

宮崎伝七は、大きくうなずいた。

「ところで、つかぬことをおうかがいしますが……」

伝七は、うかがうように俊平を見た。

頭のいい人なのだろう。伝七の眼が好奇心に輝いている。

「なんでしょう」

「柳生さまといえば、かつては総目付のお家柄。お上《かみ》のほうはこの件をなんとかしようとお考えということでは」

「はて、今はなんとも申せません。お察しくだされ」

「万事了解しましたよ、柳生さま。うちの一座のご贔屓筋に、柳河藩のご重臣立花茂之様がいらっしゃいます。こんどお引きあわせできたらよろしうございますね」

「立花茂之殿のことは、承知しております」

「そうですか。なるほど、よくわかりました。江戸の町民のため、ぜひともひと肌脱がしていただきます。江戸の守護神とまで呼ばれておりますす大御所も、きっと大乗り気でございましょう」

「いや、まことに力強い言葉をいただいた。ただ、この件は内々の話、他言なきようお願いいたす」

「むろんのこと」

宮崎翁は、真顔で俊平を見かえした。

「ただ、この件は別として、一座のお仲間に加えていただきたかったのですよ」

「心得ております」

宮崎翁は笑みを浮かべて俊平を見かえし、ふとまた真顔にもどる。

「ところで、ひとつお願いがございます」

「なんでしょう」

「さすがに役者どもも、お殿様の指導を仰ぐとなれば固くなりましょう。どうか、舞台裏には、気軽な装いでおいでくださりませんか」

「それは道理だ。綿服に着替えて素浪人風でまいろう。うるさい供がついて来るかもしれぬが、大道具でも手伝わせてやってくれ」

「はて、そうもいきませぬが……」

宮崎翁は苦笑いして、白髪頭をこちらに向け平伏すると、しばらく俊平と芝居談義に花をさかせ、昼近くになって芝居小屋に帰っていった。


その翌日、昼餉《ひるげ》をすませた俊平のもとに、宮崎伝七の使いという小男が訪ねてきて、

——今日の芝居茶屋〈泉屋〉の客に立花殿がいらっしゃいます。

と伝えてきた。慎吾を〈を組〉に走らせ、やおら若党三人を伴い黒羽二重の着流し姿で中村座を訪ねてみると、ちょうど幕間らしくいつもの木戸番が、

「あっ、これは柳生様」

愛想よく外に飛び出してきて、頭を下げた。

「よくお越しくださいました。話は宮崎先生から聞いております」

宮崎翁は、俊平の茶花鼓指南を木戸番にまで伝えているらしい。

「大御所が、ご挨拶させていただきたいと申しておりました。幕間ですので、お引き

あわせできると存じます。まずはこちらに」

と木戸番は代わりの若い衆に木戸を任せると、飲み食いする見物人の側を横切って、そのまま俊平らを舞台裏に誘った。

舞台の袖から急な階段を上っていくと、三階の広い大廊下の一番奥が大御所、つまり団十郎の部屋で、なかを覗けば、付き人や裏方たちでひどくごったがえしていた。

「さ、こちらに」

木戸番は、俊平に声をかけて部屋のなかに導いた。

供の三人は、外で控えている。

大部屋では、所狭しと脱ぎ捨てた鬘《かつら》や衣装、小道具などが散乱していた。

(これは凄い)

俊平は、この混乱ぶりが楽しい。いかにも芝居の楽屋裏である。

「あ、これは、柳生様――」

団十郎がすぐに俊平を見つけて、小腰を屈め近づいてきた。

「手狭なところでございますが、どうぞお当てください」

座員に座布団を俊平に勧めさせると、二代目市川団十郎は自分も同じ藍色《あいいろ》の大きな座布団に腰を下ろした。

「あいすみません。幕間ですので、余り長くはお話しできませんが」

「いやいや、おかまいなく」

俊平は、手をあげて団十郎を制した。

間近に見る団十郎は舞台の上で見るほど大柄ではなく、派手な化粧ではあるが、顔も小づくりで柔和な笑みを浮かべている。それを大きく力強く見せているのは、芸のうちなのだろう。しばらく人気の陰りが見えたと噂される時期もあったようだが、今はそれを超え、自信に満ち、大立者《おおだてもの》らしい覇気にあふれている。

「とんだあつかましいお願いをしてしまい、まったく言葉もございません」

団十郎は、いくども俊平に頭を下げて、後ろ首を撫でた。

「いや、私にとって芝居は人生最大の道楽です。ここに来れば、浮世の憂さを忘れます。このような愉しいところを訪ねる口実を与えてくだされた大御所には、なんと感謝をしてよいかわからぬくらいです」

「そうおっしゃっていただくと、気が楽になります。どうかおくつろぎになって、遊んでいってくださいまし。芝居通の柳生さまには、楽屋の裏側を包み隠さずお見せするつもりです。どうぞ、道楽の肥やしにしてやっておくんなさい。あ、それから、若いモンはご遠慮なくどやしつけてやってくださいまし。どうせ、なんべん言っても頭に入らねえ連中ですんで」

「そう言っていただくと、こちらもずいぶん気が楽です」

「それと、例の件でございますが……」

団十郎はふと真顔になって、

「江戸の町衆のためだ。できるかぎりの協力を、させていただきますよ」

どうやら団十郎は、宮崎翁から俊平の、

――別の用向き。

についても話を聞いているらしい。

「あたしどもは、江戸の町民と心をひとつにしております。町火消しが貶められたとあっちゃ、黙っておれませんや。できるかぎり協力させていただきやす」

「よく言ってくだされた。どうかよしなに頼みます」

俊平が深く頭を下げると、

「おっとおよしになってくださいまし。あっ、そろそろ出番だ」

団十郎は慌ただしく立ち上がると、

「おいみんな、よくお聞き。こちらのお武家さまは、柳生さまとおっしゃる。大の芝居好きで、ぜひ若い座員を見てやりたいとおっしゃってくださってる。部屋住みなので茶と花は名人級とおっしゃってる。なんでも遠慮なく教えていただくがいい。とにかく今日から後は座員も同然だ。気軽におつきあいいただけ」

詰めかけた座員が揃って、

「宜しくお願いいいたしやす」

大きな声をあげて頭を下げた。


ふたたび木戸番に誘われて部屋を出ると、俊平は達吉《たつきち》という男を紹介された。

細い体つきの、いかにも身軽そうな男である。

小屋のことならなんでもござれの連絡係のような役目らしい。

「じつはその昔、香具師《やし》の軽業師をしておりやした。身軽なのだけが取り得で」

達吉は卑屈なほど身を屈めている。

「ほう、軽業師かい」

俊平は浅草《あさくさ》の奥山《おくやま》辺りで見かける香具師の一団を思い描いた。

「こう、傘を持って、綱を渡る、あれだな」

「へい、あれで」

達吉は俊平を見やり、にやりと笑った。

「それが、どうしても芝居がやりたくて、とにかくこの世界に飛び込んじまいました。けっきょく役者にはなれなかったんだが、まあ満足していますァ。宙がえりだの、派手な殺陣《たて》の斬られ役など、時々飛び入りでやらせてもらっています」

「ほう。世間は広いな。いろいろな人と知りあいになる」

俊平が言って達吉の肩をたたく。

「へい、あっしも柳生のお殿様とお知り合いになりました」

達吉は、鬢《びん》を掻いてまた頭を下げた。

「軽業で諸国をまわったのか」

「江戸の寺社が中心で。ただ、やっていたのは三年ほどで。じつはその前は鳶でございました」

「ほう、鳶か。鳶なら、知りあいがおる。〈を組〉の辰次郎殿とは先日茶呑み話をした」

「あっちは、あっしのいた組の隣組で」

「そうだったか」

俊平は合点して、達吉を見かえした。

宮崎翁は、町火消しの一件でこの達吉を付けてくれたらしい。

「鳶といえば、いま町火消しが大名火消しとの問題で揉めているな」

「へい。その件で御前になにかお役に立てるんじゃないかと、宮崎先生に言われておりやす」

「やはりそういうことか」

俊平は、宮崎翁の手際のよさに頭が下がる思いであった。

達吉がゆっくりと廊下を歩きだした。

「もうやめて十年も経つんで、町火消しの肩を持つわけでもねえんですがね、今度の一件は、どう考えても町火消しに分があるようでさァ」

「おぬしもそう思うか」

達吉と話をしながら、長廊下を抜けて階段を降りていく。

二階はあらかた工房で、小道具方、衣装方、髪師、床山《とこやま》といった人たちの部屋が長い廊下に面してずらりと並んでいる。

「とりあえず、小道具方の部屋をご案内しておきやす」

達吉は、そう言って俊平を先導し、部屋じゅうの棚に芝居の小道具の詰まった部屋に案内した。なるほど、片隅の棚に茶や生け花の小道具がずらりと並んでいる。

「ここの物をご自由に使って、若いモンに教えてやってくだせえ」

「その女形をつとめる若い衆は、どこにおるのだ」

「それは、こちらで」

また、廊下を伝って階段までもどると、達吉は大道具部屋を覗いた。

「達吉さん、茶が入ってるよ」

大道具の男が、達吉に声をかけてきた。

見れば、俊平に付いてきた若党の三人が、いつの間にか大道具の手伝いをしている。

「ありがとうよ、だが、後にするぜ」

そう応じて、達吉は役者のひといきれでむせかえる大部屋に俊平を連れていった。

どうやらそこは若い役者の溜まり場となっているようだ。

「おい、女形の連中はいるかい」

「はい」

小袖の単《ひとえ》を着けた、細づくりの男たちが集まってきた。

外見はどう見ても男である。

いずれも二十歳前後の若者たちで、上下の厳しい芝居の世界にあって、あちこちで先輩の女形に妙な女言葉で叱り飛ばされているところであった。

「こちらが、今日からおまえたちの茶と花を見てくださるお方だ。お旗本の次男坊で、俊平さんとおっしゃる。茶と花と音曲は大得意だそうだ。みな、教えていただくがいい」

達吉が声をかけると、女形の面々は笑顔をつくり、小腰を屈めて俊平に頭を下げた。
鬘を外し、化粧をぬぐった後でも、所作は女のものである。

と、俊平を探していたのだろう、宮崎翁がするすると近づいてきて、
「柳生様、昨日お話にあがりました柳河藩のお殿様から、ちょうどいい具合にお声がかかりました。よかったら、〈泉屋〉にお越しいただけませんか」

〈泉屋〉とは、中村座出入りの芝居茶屋である。

芝居茶屋は、中村座をはじめとする芝居小屋の周辺に軒を連ねて立ち、芝居客のために木戸札の予約をしたり、飲み食いの世話をする特別の茶屋である。

初めはただ茶を出す程度の粗末なものだったが、年を重ねるごとに次第に立派なものになって、それぞれの小屋がいわば専属の契約を結ぶようになり、中村座周辺だけでも大小あわせて十数軒あったという。

芝居小屋と芝居茶屋との結びつきは格別で、芝居茶屋出身の役者が出たり、小屋の者が茶屋を運営したりで、切っても切れない関係となっている。

俊平ら一行が向かったのは、表茶屋と呼ばれる一流どころで、なかでも最も格式の

ある〈泉屋〉であった。

「ほんとうに、顔を出していいのですか」

あまりに話の運びが早いので、俊平が目を白黒させていると、

「もちろんです。ちょうどいい按配に見物に来られるというので、使いをお送りしました。今日のことは役者たちも心得ておりますよ。江戸の町火消しのために女形としてひと芝居をうつといっております。柳生さまは、茶と花を教える裏方ということにいたしましょう」

宮崎翁は、とっくに段取りを決めているらしい。

するとと、話の途中から達吉も顔を近づけてきて、上目づかいに俊平を見た。

「話は、宮崎先生から聞いていますよ。〈を組〉の辰次郎さんには、あっしも一時世話になったことがある。島送りになった喜兵衛の敵討《かたき》ちだ。協力させていただきやす」

達吉も、腹を括《くく》っているらしい。

「それは、頼もしい」

「この一件については、女形の瀬川藤之丞《せがわふじのじょう》さんにも頼んである。一緒にあいつらにいろいろしゃべらせちまいましょうや」

宮崎翁が、また面白そうに誘いかけた。

二

瀬川藤之丞を先頭に、若手、裏方などを交えた一行が、芸者の役作りで化粧をほどこし、小屋の並びの〈泉屋〉という茶屋にくりだしてみると、少し前に立花茂之の一行は小屋から移ってきたところらしく、すでに酒膳を囲んでいた。

芝居茶屋らしく、豪華な重箱の弁当が用意され、銚子もずらり並んでいる。

くだんの立花茂之は三十絡み、精悍な顔立ちで鬢もだいぶ後退し、小さな髷が乗っている。顔は妙に艶があり、脂光りしている。目は炯として黒く、どっしりと据《す》わっている。遠縁に当たるからだろう、三池藩主立花貫長とも、どこか面影が似ている。

「本日はあいにく、団十郎は所用があってご挨拶にまいれませんが、一座の女形の瀬川藤之丞がまいりましてございます」

宮崎翁が、一座を代表して座敷の端から丁寧に腰を折って挨拶をすると、

「おお、そうか。団十郎が来られぬとは残念じゃが、希代の名女形瀬川藤之丞が来てくれたのであれば文句はない」

立花茂之は、そう言って相好を崩した。

藤之丞と玉十郎、それに三人の若手女形がどっと部屋に入っていく。

俊平と達吉が、宮崎翁の後につづいた。

「そのほうらは」

目の鋭い家士が、どこかで見たような気がしたのか、俊平を目にとめ誰何《すいか》した。

どうやら、先夜深川の暗闇で俊平と立花貫長を襲わせた折に惣右衛門の手裏剣を受けたからだろう、紋服の腕のあたりが膨らんでいる。

「へい」

俊平が小腰をかがめると、

「この者、裏方でございますが、大部屋の女形に茶や花を指導しております。お茶屋は初めてで、無作法者でございますか、どうかお許しくださいまし」

宮崎翁が、俊平に代わって頭を下げた。

「武家ものの芝居には、そうした奥向きの芸も大切となろう」

立花茂之は芝居通らしく、俊平を見て寛容な笑みを浮かべた。

「まことにもって、おっしゃるとおりでございます。そうした所作で女らしさを出してもらわねばなりません」

俊平も、愛想よく笑いを浮かべて頭を下げた。

「おっと、こちらも紹介がまだでしたようで」

宮崎翁は、話を達吉に振った。

「こちらは達吉と申しまして、軽業の指導をしております。なかなか難しい演技もこなしております」

「そうか。身が軽いか。いつか芸を見せてもらおう。それより、今日は女形だ」

立花茂之は、手招きして女形の役者を呼び寄せた。

店の小女《こおんな》が三人、どやどやと追加の弁当を運んできた。

弁当箱に金蒔絵《きんまきえ》を施した贅沢なもので、朱塗りの酒器もそれぞれの席に配られる。

「さあ、みなもやれ」

立花茂之が、豪気な口ぶりで手をあげた。

「よう来たな。女形というもの、女よりも美しい。さあ」

茂之が、手招きして女形を呼び寄せる。

「いつもご贔屓にあずかり、ありがとうございまする」

瀬川藤之丞は両手をついてにこやかに一礼すると、そのまますするすると茂之のすぐ脇に寄っていった。

玉十郎は、家老の大楠丹後の脇に着く。

家臣にも、若手の女形がぴたりと寄り添った。

宮崎翁と、俊平と、達吉は、遠慮がちに下座で壁を背にちびちびと盃を差しつ差されつ飲みはじめた。

「そなたは美しいの。まことの女人と変わるところがない」

立花茂之が、目尻を下げて藤之丞を抱き寄せた。

藤之丞は舞台を見上げても美しいが、こうして近くで見る姿はいちだんと晴れやかである。

「目の肥えた立花茂之さまにそうおっしゃっていただくと、役者冥利《みようり》につきまする」

そう言いながら、藤之丞は茂之をやんわりと突き放した。

「女形というもの、これでけっこう大変なのでございます。日々の所作でも女を通さなければ、上手な女形とはいえません」

「そうであろう。役者というもの、それはそれで大変な仕事。そなたは今や江戸いちばんの女形と評判というではないか。役者絵も飛ぶように売れておる。そなたの贔屓筋もさぞや多かろうな。今にこのような座敷には呼んでも来てくれぬようになるかもしれぬな。丹後、よう拝んでおけ」

立花茂之は、家老の大楠丹後にだみ声で話しかけると、

「売れっ子の女形とこのように身近に寄り話ができるとは、なんとも嬉しいかぎりでございまする」

丹後はまだ場馴れしていないらしく、しきりに手拭いで額の汗を拭いている。

「まあ、こちらは、ウブなお方」

玉十郎がからかうように大楠にしなだれかかった。

若い女形がわっと騒ぐ。

「無粋な奴よ。これで家老なのだ。まだまだ遊びの修行が足りぬ。楽にいたせ」

立花茂之が、苦笑いして藤之丞を見かえした。

「今日はどうなることかと思いました」

黒木宅馬《たくま》が立花茂之に語りかけた。

「まあ、なんでございます？」

「話してやれ、宅馬」

玉十郎が、その若党の横顔をのぞき込んだ。

「今日はちといやなことがあった。芝居小屋に向かう途中、町火消しの一団に絡まれたのだ」

宅馬と呼ばれた若党が女形の面々を見まわして言った。

「まあ、町火消し。嫌でございますね」

藤之丞が、大仰《おおぎょう》に顔を歪めてみせた。

「みなも話は聞いておろう。当藩の大名火消しと町火消しの間で消し口争いがあってな。当藩の火消しに死人が出た。屋根から落とされたのだ。乱暴なことをする」

「まあ、乱暴な町火消し。それでその人、どうなったんでございます」

「島送りとなった。八丈へな」

女形はそろって手をたたいた。

「南町奉行大岡越前守は正しい判断をした。だが、その逆恨みで、町火消しの一団にいやがらせを受けたのだ」

「それは、とんだご災難で」

「いやァ、思い出すだにいまいましい。聞いてくれるか、藤之丞」

「お聞きしますよ、ねえ」

藤之丞が、仲間の女形を見まわした。

「町火消しが十五、六人、町辻からいきなり飛び出して来てな。前を塞ぐではないか。相手は町人。刀を抜いて争うわけにもいかず、いや、難渋した。大勢の通行人も、町

「火消しに味方しておった」

「思い出してもいまいましい」

若党の黒木宅馬が、吐き捨てるように言った。

「評定は、とうに終わっておるに、奉行所は取り締まりにも来ぬ」

「いずれ、目にもの見せてくれる」

家臣の間からも、怒気が吐き出された。

俊平は、下を向いてにやりと笑った。

どうやら、〈を組〉の辰次郎が手配してくれた火消し連中が間に合ったらしい。

「近頃の町火消しは、やくざも同然」

藤之丞が若い女形を見かえして言えば、

「まったく荒っぽいったらありゃしない。纏持ちが何さまだっていうんでしょう。恐いもの知らずに威張りくさって。嫌な奴らですよ」

「嫌われているのも知らずに」

「あたしも大嫌い」

若い女形の話を受けて、藤之丞がブルンと身震いした。

「荒いばかりだけじゃないんですよ。喧嘩っ早いのも天下一。今も火事場ばかりじゃなく、あちこちで縄張り争いをしていますよ」

「そうそう、〈め組〉の頭取など、まるで十手持ちのように揉め事に口を挟んで、妙な金まで取ってるって噂ですよ」

玉十郎が言う。

「で、立花さま、そいつら、どんな奴らだったんです」

藤之丞が、立花茂之を上目づかいにうかがった。

「きっと島送りになった男の仲間だろう。我が藩の火消し役久木与七郎を屋根の上から突き落とした〈を組〉の奴らだ。仲間の男は、やっていないと口々に叫んでおったが」

「でも、ほんとうに突き落としたんでしょう」

「むろんだ。奉行所も認めている」

「じゃあ、なんで今さら」

「さてな。わしらにもわからぬ。思い込みの強い奴らよ」

「そのことで、ちょっとばかり妙な噂を耳にしました」

俊平が、それぞれの顔色をうかがいながら口をはさんだ。

「なんだ」

「それが……」

「なんだ、遠慮いたすな、言うてみよ」

「お愉しみの最中に、お気にさわられてはいけません」

俊平は手もみして頭を下げた。

「申せ、と言うたら申せ」

「はい。じつは煮売り屋で小耳にはさんだんでございますが。死んだ柳河藩の火消しのお方が、大名火消しに後ろから突き落とされるのを遠くから見ていた者があったそうなんで……」

「馬鹿な。そのようなことがあろうはずはない」

立花茂之が憮然として、俊平を見かえした。

「まったくで。どうせ町火消しの連中が立てた噂で、根も葉もない話にちがいないのですが」

「ひどいもんですね。そういって、柳河藩を脅そうとでもいうのかね」

藤之丞が、こんどは仲間の女形と顔を見あわせた。

「あんなやくざ者連中、許しちゃいけませんよ」

「断じて許せん。だがの……」

茂之が口籠もった。

「なんでございます」

「我が藩のご藩主は、なにごとにつけ弱腰でな。これ以上、事を荒立てるなと申される」

立花茂之がそう言って、家老と顔を見あわせ苦笑いした。

「まあ、そんな……。それじゃあ、あんまりにも弱腰」

藤之丞が言う。

「どんなご藩主さまなんです。ぜひ聞かせてほしうございます」

あざけるような口調で藤之丞が言った。

「とにかく小心者だ。このところ国表が不作で、一揆が連発しているが、兵を出し、抑えることもされぬ」

立花茂之がそう言うと、家老の大楠丹後が狼狽《ろうばい》し、

「このようなところで、藩の内情を……」

立花茂之の袖を引いた。

「なに、ご遠慮は要りません。どちらのお武家さまも、こうした場で憂さ晴らし。言いたいことを申されて、すっきりしてお帰りになりますよ」

　女形も、揃ってうなずいてみせた。

「柳河藩と申さば、たしか戦国一の豪勇立花宗茂様がご先祖でございましたね」

　伝七が誘いかけるように訊いた。

「むろんのこと、わずか八百の兵にて薩摩勢《さつまぜい》二万と対峙し、一歩も退かぬ日本一の強者であった。関ヶ原ではあいにく西軍に与《くみ》したため、いったん御家取り潰しとなったが、その武勇を惜しむ二代将軍秀忠公に見出され、ふたたび筑後柳河の地に帰り咲いた。そのような例は、日本広しといえど我が立花家しかないのだ」

「まあ、それほどの武勇のご先祖をもつ柳河藩のお殿様が、なにゆえそれほど弱腰なのでございましょう」

　藤之丞がまた嘲るように言った。

「まことよの。兄者は幼子の頃より気が小さく、小虫さえ嫌うて逃げまわっていた」

「まあ、立花様の兄上様……」

　女形がみなで笑いころげた。

「立花家はの、一門家、家老家などいろいろあって、一族の団結が固い。その者らが藩の行く末を案じて声をあげはじめた。このままでは、藩がお取り潰しにもなりかねぬでの」

「まあ大変、お世継ぎは、いらっしゃいませんので」

「それが、おらぬわけではないのだが……」

立花茂之は、藤之丞をちらと見かえして口ごもった。

「それが、病弱での。上様に御目見得のために江戸に出府し、そのままお倒れになって江戸藩邸にて療養中じゃ」

「それでは、柳河藩を救うお方は、お殿さましかおられません」

瀬川藤之丞が、体をかしげ茂之の盃に酒器を傾ける。

「まあ、そうでもないが……」

立花茂之は、そう言って咳払いをした。

「こちらの立花茂之さまなら、きっと藩を立て直してくださる」

家老の大楠丹後が語気を強めた。

「さようでござる」

「それがしも、そう思います」

居並ぶ家臣が、そろって語気を強めた。

「もしかしたら立花様が、柳河藩十万石の次のご藩主さま。まあ、これまで以上のご贔屓を」

瀬川藤之丞が立花茂之にすがりつくと、女形がいっせいに家臣の盃に酒を注いだ。

「わしが藩主となれば、そちらをさらに贔屓いたすぞ」

「まあ、そうなれば、船を仕立てて、川遊びなどいかがでございましょう」

藤之丞がすがりつくと、

「そういえば、川遊びをしとうなった。これからどうじゃ」

気分をよくした立花茂之が、家老の大楠丹後をうかがった。

「川遊びといえば、今宵は船を仕立てて深川にでも繰り出してはいかがでございましょう。お駕籠をご用意いたします」

俊平が声をかけると、

「まあ、深川。いいわねえ」

藤之丞が、嬉しそうに手をたたいた。

「どこか、よい店はあるかの」

「俊さん、どこがいいかしらねえ」

「そうでございますな。仲町の〈蓬萊屋〉などよろしいかと。芸子は深川の別嬪《べっぴん》がずらり揃っていると聞いております。ただ、お遊び代もそれなりに……」

立花茂之をうかがい、俊平は手をもんだ。

「なに、金にいとめはつけはせぬ」

酔った勢いで、豪気な口ぶりで茂之が言った。

「殿さま、ならあたしたちもきっと連れていってくださるんでしょうね」

藤之丞が、立花茂之にしなだれかかった。

「いや、今夜はだめだ。ちと内々の話が残っていてな。いずれ日をあらためてということにしよう」

家老の大楠丹後が、脇で藤之丞をなだめた。

「まあ、それなら仕方ないけど……」

玉十郎が、茂之の手をとって指切りをした。

「おぬしとも、いずれな」

立花茂之が、藤之丞の手を握った。

帰り支度を始めた立花家一行を斜めに見て、宮崎翁がするすると俊平に歩み寄ってくると、

「あっしらを遠ざけて、また悪巧《わるだく》みでございましょうね」

耳元で呟いた。

「そうだろうね。存外口の軽い連中だ。このぶんなら、深川ではすっかりしゃべって

くれるかもしれない。今夜はみなさんに、おおいに世話になった」

「なあに、江戸の町火消しのためでさァ。それに、今夜はすっかりお芝居を楽しませていただきましたよ」

脇から、達吉が声をかけてきた。

「いい芝居だったよ、達吉さん。奴らめ、まるで気がつかなかった。それに女形の面々もよくやってくれた」

俊平が若手の女形に礼を言うと、女形の面々が嬉しそうに目を見あわせた。

三

柳河藩の悪巧み一味が駕籠を連ねて宵闇に消えていくのを見とどけて、柳生俊平は中村座にもどる賑やかな面々とも別れ、ひとり表通りを歩きだした。

愉快なことになった、と思った。

今宵の収穫はことのほか大きい。一味が酔いにまかせて口をすべらせたのが真《まこと》であれば、藩主追い落としの策謀は着々とすすんでおり、一気に仕掛けてくるのもそう遠くはあるまいと思われる。

芝居茶屋の賑わいはとうに去り、角切銀杏の周りの大提灯も灯が消えていたが、十軒あまりの芝居茶屋がまだ煌々と灯りを点していた。

（はて、若党どもはどうしたか……）

小屋の一階の大道具部屋にいたのを見かけたのが最後で、どうやら連中ははぐれてしまったらしい。

俊平は、ふと月を見あげた。

〽猪牙《ちょき》でゆくのは　深川かよい

〽上がる桟橋　アレワイサノサ

なじんだ端唄《はうた》を口ずさみながら、ぶらりとしばらく歩いていくと、音もなく寄り添ってくる影がある。

手拭いを頭に乗せた男と、編笠《あみがさ》を目深に被った女の二人連れで、一見町内を流して歩く門付《かどづ》けのように見えるが、身のこなしが只者《ただもの》とも思えない。

闇を縫うように素早く動くその身のこなしは忍びのものである。

闇を透かしてみれば、遠耳の玄蔵とさなえであった。

「を組の男たちに、連絡をつけてくれたようだな。よく、はたらいてもらった。礼を言うぞ」

「辰次郎殿は万事心得ており、組に居あわせた連中を掻き集め、私らとともに茂之の駕籠を塞ぎました」

玄蔵が、低声《こごえ》で俊平に耳打ちした。

「されば、またひと仕事を頼みたい」

「なんなりと、ご用命くださいませ」

さなえも、俊平にすりよるようにして言う。

「連中、浮かれて深川に繰り出すと言うていた。さなえ、まずはそなたに頼みたい」

「はい」

さなえが、含み笑った。

「あの駕籠は、深川の料理茶屋〈蓬萊屋〉に向かうはずだが、行き先をしっかり見とどけておくれ。私も後を追っていく」

「承知いたしました」

「それから、玄蔵」

「へい」

「深川仲町の置屋《おきや》〈松屋《まつや》〉に、梅次という芸者がいる。そこで出先の料理茶屋を訊いてくれ。見つけたら柳生俊平の頼みと言って、これから〈蓬莱屋〉に向かう柳河藩の一行を歓待し、調子に乗って悪巧みをしゃべりはじめたらよく聞いておいてくれ、と頼んでみてほしい。それから一行の座敷の隣に、もうひとつ座敷を用意することも忘れずにな」

「梅次とやら、他にお座敷がかかっていなければよろしいんですが……」

「なに、かかっていたら、後生だからこっちに回ってくれと伝えてくれ。俊平からのたっての頼みだと」

「御前、そりゃだいぶお安くありません」

玄蔵が、さなえと顔を見あわせて笑った。

「なに、梅次とは妙にウマがあう。それだけの仲だ。三味と鼓の関係とでもいうところだろう」

「なあるほど」

玄蔵が、なんだかよくわからないまま相槌を打った。

「いいか、一行の隣室に玄蔵、そちが詰めるのだ。遠耳の玄蔵の腕の見せどころだぞ」

「万事、おまかせのほどを」

お庭番二人と別れると、俊平は夜風に酔いをゆっくりと醒ましながら、深川に向かった。

猪牙舟を拾い、大川の対岸に渡ると、そのまま仙台堀川《せんだいぼりがわ》に乗り入れて深川仲町に向かう。

芝居小屋は灯りが消え静まりかえっていたが、こちらはまだ宵の口である。通りに面した料理茶屋はいずこも煌々と灯りが点り、賑やかな酔客の笑い声が聞こえてくる。

先行したさなえが、〈蓬萊屋〉前の用水桶の影に潜んでいた。

「立花茂之の一行は先刻、店に入りました」

「そうか、ご苦労であったな」

そのまま待機しているようさなえに言い置くと、俊平は格子戸を開けて小女《こおんな》の案内で玄蔵が確保してくれた部屋に入った。

番頭が、玄蔵が遺《のこ》していった書き置きを届けに来てくれた。

梅次は、さいわい刻限に座敷はなかったという。

しばらくすると、当の玄蔵が部屋にやってきて、

「さっそく、仕事に入ります」

帳面と筆を取り出し、隣室につづく襖にへばりつくようにして座ると、隣室から聞こえてくる話し声をすばやく筆記する。

梅次が部屋に入ってきた。

「柳生さまのためなら、一世一代の大芝居を打ちますよ」

梅次は、話は玄蔵から聞いていると言い、任せておけとばかりにポンと厚い胸をたたいた。

梅次が出ていくと、

「聴こえるか」

俊平は、玄蔵の耳元で声をかけた。

「よく聴こえておりますよ」

玄蔵は、まなじりを微動だにさせず、襖の向こうに聞き耳を立てている。

だが、まだ陰謀めいた話は始まっていないらしい。

やがて、梅次の声も聞こえてきた。

俊平は肘《ひじ》を枕にごろりと大の字になり、首尾を待った。

ついうとうとと寝入ってしまったのか、俊平はふいに梅次に揺り動かされ目を覚ました。

連中は、梅次が同席しているため、なかなか藩の内情は語らないという。

「ごめんなさいね。口が硬くて」

「無理もあるまい。聞かれてはまずい秘事なのだ」

「それより、席を外してこっちに来る途中、一柳様と立花様、ご家臣にはちあわせしましたよ」

梅次は困ったように眉を顰《ひそ》めた。

「なに、あの二人も来ているのか」

もし、俊平が来ていることを知って部屋に訪ねてくれれば、立花貫長は声が大きいだけに隣の座敷にも聞こえ、どっとこちらに押しかけて来ることも考えられる。

さっき芝居茶屋で別れた団十郎一座の裏方が、大名二人と飲んでいればきっと怪しむにきまっている。

「困ったことになったな。して、あの連中はこちらの動きを察しておらぬであろうな」

「それは、まだ気づいていないようだけど」

梅次が請け合うと、

「大丈夫でさ」

玄蔵も、苦笑いして呟いた。

連中はそうとう酒が入っているらしい。

「それよりやつら、梅次さんが部屋を出ていったので、大変なことを話しはじめておりますよ」

「そうか。されば梅次、このまま四半刻（三十分）も座を外していてほしい」

「なんだ、つまらない。俊平さまのお役に立てると思ってたんだけど」

梅次は、ちょっと頬を膨らませてすねてみせた。

「なに、そなたが悪いわけではない。聞かれたくない話があるのだ」

「いいわ、帳場で番頭さんと話してくるから」

梅次が去った後、あとを玄蔵にまかせて廊下に出てみると、内庭の植え込みで影が動いた。さなえの姿がある。

「どうした。そのようなところで」

「まずいことになりました。立花さま、一柳さまが、店にいらしております」

「聞いた。口止めせねばなるまいな。部屋はどこだ」

「あちらでございます」

さなえが、苦笑いして廊下の奥の突き当たりの先の部屋を指さした。

なるほど、灯り障子に人影が蠢《うごめ》いている。

芸者をあげて騒いでいるところらしい。

弦歌《げんか》の賑わいがこちらまで聞こえてくる。

「さきほど、お酒の追加をもって女中が入っていきました。余計なことをしゃべらねばよいのですが」

と、障子が開いて、小褄《こづま》を器用にとった黒羽二重姿の芸者がひとり、部屋を出てくる。

苦笑いしているところをみると、客慣れしたこの女には、純朴な大名二人の相手は退屈らしい。

ややあって、芸者の名を呼びながら立花貫長が千鳥足《ちどりあし》で部屋をとび出してきた。したたかに酔っているらしい。

「あっ」

俊平はあわてて背を向けたが、まずいと思った時には、

「なんだ、そこにおるのは俊平どのではないか」

貫長が、大きな声を張りあげた。

一瞬、立花茂之一派の広間が静まりかえった。

と、いきなり襖が二つに割れ、脇差しを摑んで武士が数人飛び出してきた。

聞きおぼえのある立花貫長の声を耳にしたからしい。

芝居茶屋で別れた男たちである。

一同が貫長の前ではっとして立ち止まると、こんどは俊平に気づいて、

「おまえは――！」

そう叫んだまま、絶句した。

無理もない、さきほど芝居茶屋で一緒に酒を飲んでいた茶花鼓の師匠が三池藩の藩主と親しげにしているのである。

「こ奴、なぜここにいる」

俊平を指さし、郎党が声をあげた。

最後まで部屋に残っていた二人が、騒ぎを聞きつけ部屋を出てくる。

立花茂之と家老の大楠丹後である。

「こ奴は！」

暗い双眸の浅黒い肌の武士が、怒鳴り声をあげた。

十日ほど前、立花貫長を待ちうけ襲撃した折、邪魔だてをした侍が目の前の男であることに気づいていた。

「こ奴だ。あの夜の侍は！」

「ほほう。卑劣な闇討ちをした賊どもが、自らその正体を明かしたな」

俊平がぐるりと立花茂之の一党を見まわした。

「こ奴ら」

立花貫長が、カッとして腰に手をまわした。

大刀は帳場に預けている。脇差しを抜き払った。

「うぬは、何者ッ」

「知りたいか。だが、まだ正体は明かさぬがよかろう。おまえたちの後々のお楽しみを奪いとうはない。今はこの立花貫長どのの遊び仲間とだけ言っておこう」

「貫長め、うぬがいかに手を貸そうと、もはや藩の態勢は決しておる。主立花貞俶は隠居。このわしが柳河藩十万石を継ぐ」

立花茂之は、吐き捨てるように言うと、

「いずれ、今夜の礼はしかとする」

貫長と俊平を睨みつけると、廊下をどかどかと踏みならし去っていった。

「さて、獲物は釣れたか」

俊平は、玄蔵の待つ部屋に向かって歩きだした。

大勢の酔客が、なにごとかと部屋を飛び出し、争いを眺めている。そのなかに、一柳頼邦の姿もあった。

梅次が駆けつけてきて、

「あの連中、帰っていきましたよ。このまま玄関からお帰りになるのは危なすぎる。連中、帳場で刀を受け取ると、待ち伏せて斬り捨ててやるといきまいてましたよ」

息を弾ませ、俊平の腕をとった。

顔見知りの芸者が大勢駆けつけてきた。辰巳芸者らしく、みなきかない性分だからむっとしている。

「あんなやつら柳生さまの相手になんぞなりませんよ。一人残らず刀の錆《さび》にしちまえばいいんですよ」

辰吉《たつきち》という芸者が立花らが去っていった方角を睨みつけた。

「そりゃ、こちらは将軍家剣術指南役の柳生さま、たとえ百人を相手にしたって殺られるもんじゃありません。でも、あの連中、前にも短筒を持っていたんだよ」

梅次が心配そうに眉をひそめた。

「そりゃ、剣と短筒じゃ、勝負になりませんね」

「きっと、闇のなかでまちぶせしているんだわ」

こんどは女たちが口々に弱気なことを言う。

「されば、裏口から出よう」

俊平は、立花貫長と一柳頼邦を誘って、裏口に直行した。

「さ、こちらです」

梅次は、店の裏口に俊平らを先導した。

大刀を受けとり、腰に落とし裏口から外に出ると、月が明るい。

仙台堀川に沿って大川方向に向かうと、前方の柳の木影に人影が蠢いている。

「気づかれたか――」

俊平は、急ぎ背後に立花貫長と一柳頼邦をかばった。

影が、バラバラと三人の前方に広がった。

影は六つ。刺子の道衣に縞の袴。いずれも黒覆面で面体を覆っているが、思い思いに得意の構えをとっているところから、いずれもかなりの遣い手であることがわかる。

どうやら、立花茂之一派ではないらしい。

抜きはらった刀を、俊平にぴたりと中段につけているところは、狙いは立花貫長ではなく俊平のようであった。

人影の奥で、ひときわ背の高い大柄な男が懐手《ふところで》で様子をうかがっている。

「何者かは知らぬが。私に用があるようだな。だが、いきなり白刃三昧《はくじんざんまい》とは無粋このうえない。まずは名乗るがよい」

返答がない。

かわりに、じりっと前方の影が動いた。

「ほう、おまえたちには名がないのか」

「それがし、浅見平九郎《あさみへいくろう》と申す者」

後列、一人だけ刀を抜かず腕組みして様子を見ていた侍が応えた。

「築地に一刀流道場を持たれる浅見殿か」

「いかにも」

「よい門弟をお持ちだな。ことに、伊茶殿は女ながら名人の域に達しておられる」

「だが、みな言うことを聞かぬ者らでな。ぜひにも柳生新陰流と真剣にて勝負がしてみたいという。それでここまで抑え、ついてきた」

「数をたのみ、夜陰に乗じて真剣勝負とは、天下の名流一刀流も落ちたもの。浅見殿はお許しになられるのだな」

「いや、許すわけではない。この者らが、なんとしても鬱憤《うっぷん》を晴らすと言うてきかぬだけだ」

「ならば、浅見殿は闇討ちの見物か」

「跳ねかえり者らは、止められぬ」

左の影が、サッと動いた。

と見せて、右の影がいきなり俊平に上段から打ち込んでくる。

小野派一刀流の真骨頂《しんこっちょう》、真一文字の一刀両断の太刀である。

だが俊平は斜め前に踏み込んでこれを外し、振り下ろした男の右手を丁《ちょう》と打った。

すぐに体を退《しりぞ》ける。

男の親指が、ポロリと闇に落ちている。

左の影が、すかさず袈裟に打ち込んでくる。俊平はそれを易々《やすやす》と見切ると、斬り下ろして刀身をたたき落とした。

「そちとは、腕がちがう。さて、次は」

返事はない。

「声もなくひとを闇に葬らんとする輩に、情けは無用。次は容赦なく斬り捨てる」

俊平は闇を睨むと、闇の一団が身を沈め、じりじりと間合いをつめてくる。同時に打ち込んでくる手はずらしい。

「一人で敵わぬと見てとれば、集団戦か。そうまでして、この私を倒したいか」

初めて前方の黒覆面の男が叫んだ。

「殺《や》れ」

その時、新たな影が物陰から飛び出し、俊平にではなく、前後を囲んだ四人に向かっていた。

浅見平九郎が殺気を放って前に出た。

御高祖頭巾《おこそずきん》に面体を隠している。

覆面の主はひらりひらりと刃をかわし、相手に手傷を手負わせていく。

腕組みして様子を見ていた浅見平九郎が、いまいましげに後ずさりした。

「裏切るか、おまえ」

「闇撃ちはあまりに見苦しい。一刀流に誇りをお持ちくだされ」

女の声である。

「退けッ！」

平九郎が命じると、覆面の一団は手傷を負った仲間をかばいあいながら、闇の彼方に駆け去っていった。

「伊茶どの、怪我はないか」

「問答無用」

「大丈夫でございます」

伊茶姫は刀を背にまわし、二人の大名に目を向けた。

「そなた、伊茶か！」

柳の陰に身を潜めていた一柳頼邦が、驚いて妹に駆け寄った。

「ご無事で、なによりでございます」

「何を言う。伊茶、そなたが剣術道場に通っていることは知っていたが、真剣で賊と斬りあうとは、なんたること。もしものことがあったら、なんとする」

「兄上さまほか、立花さま、柳生さまの危機にご助勢すること、武家の娘として当然のことではございませんか」

「柳生殿――」

姫を叱ってくれとばかりに一柳頼邦は俊平に声をかけたが、俊平はにやにや笑うばかりである。

「いやいや、伊茶殿の剣の腕は、あの賊どもがとても及ぶものではござらぬ。安心して見ておられてけっこう」

「将軍家指南役のそなたが言うのであれば、まあそうではあろうが……」

一柳頼邦は、諦めたように立花貫長を見かえした。

「それより、柳生殿、今の者らは」

「小野派一刀流浅見道場の者です。一刀流は将軍家指南役の任を外されたゆえ、柳生家に逆恨みを抱いたものらしい。ご安心くだされ。こたびの立花茂之一派の企みとはかかわりあるまい」

俊平は、一柳頼邦と立花貫長のそれぞれにうなずいた。

「いやいや、柳生の剣さばきを直《じか》に見られただけで、貴重な一夜であった。将軍家剣術指南役の剣とは、このようなものであったか」

顎を撫でながら、立花貫長が唸った。

「殿──ッ」

川沿いの土手を、向こうから駆けつけてくる者がある。

店の前で待機させていたお庭番の二人、遠耳の玄蔵とさなえである。

「梅次どのから、殿が裏口から急ぎお帰りになったと聞き、追ってまいりました。大事なくよろしうございました」

玄蔵が言った。

「いや、こたびは伊茶姫のはたらきが大きかった。それにしても、伊茶姫は我らの動きをどうして」

俊平が、伊茶姫を振りかえって訊ねた。

「門弟どもに妙な動きがあったので、尾《つ》けてまいりました。しかしながら、これでもはや道場にもどれなくなりました」

苦笑いして伊茶姫は静かに刀を納めた。

「なに、わが道場に来られよ。稽古など、どこでもできよう」

俊平がそう言いはなつと、

「はい、そのようにいたします」

これさいわいに、伊茶姫は嬉しそうに俊平に応じた。

四

それから三日ほど経って、遠耳の玄蔵が、報告書を持参し屋敷を訪ねたいがご都合はいかが、とさなえが使いを立ててきた。

俊平はすぐに応じ、さっそく深川海辺大工町の三池藩上屋敷に使いをやって、立花貫長に同席を求めた。

貫長は、例の奴凧のような揉みあげの家臣諸橋五兵衛と、藩邸を訪ねてきた。

貰い物のびわ茶を出し、雑談をしていると、ほどなくして紋付袴のいかにも御家人風の装いで玄蔵が姿を現した。

「これが先日、柳河藩主の弟立花茂之と家老大楠めが深川の料理茶屋〈蓬萊屋〉にて密談したものを記したものでございます」

お庭番玄蔵は、灰黒色の表紙の付いた細長い帳面を俊平の膝元にすすめ、あらためて平伏した。

「それにしても、玄蔵。その格好はずいぶんとあらたまったな」

「本日は、御前にお許しいただかねばならぬ儀があり、このように神妙にしております」

玄蔵は渋い顔をしている。

「許しを乞うなどと、なにか大それたことをしたのか」

俊平は、明り障子の前で控える用人の梶本惣右衛門と顔を見あわせ苦笑いした。

「遠耳の玄蔵などと偉そうに申しておりましたが、流石《さすが》に密談、相手も声を潜めており、ご期待に沿うほどの成果はございませんでした」

玄蔵は悔しそうに顔を歪め鬢をかいた。

「あの折は、なかなか筆が流れておるように見えたが、まとめてみると、それほどでもなかったというか」

俊平は灰黒色の表紙の帳面を取りあげ、パラパラと頁を繰ってみた。

「どうして、いろいろ面白いことが記されているではないか」

俊平は、帳面を持つ手を覗き込む立花貫長に帳面を手渡した。

「いずれも話の断片ばかりにて、お役に立ちますものか」

玄蔵は、貫長の表情をうかがった。

貫長は、熱心に文面を覗いている。

その背後より、いかめしい面体の諸橋五兵衛が記録を覗き込む。

「いやいや、大いに成果があった。これがまことの話であれば、由々《ゆゆ》しきことだ」

貫長が、青ざめた顔で面を歪めた。

「と申されると――」

俊平が、眉を寄せて貫長を見かえした。

「立花茂之一派は、藩主貞俶殿がそれがしを味方につけるよう動いたのを見て、どうやら藩内の勢力争いをさらに本格的にしたようす」

「ふむ。して、形勢は」

「この記録によれば、形勢は茂之一派に傾いておるようだ」

貫長は重い吐息とともに言った。

「まことか」

「残念だが、一門衆の立花監物《けんもつ》、立花右京家、家老衆の内膳《ないぜん》家が向こうに傾いてしまった。これが痛い。一挙に劣勢になった」

「そのこと、たしかにここに書いてある。貞俶殿はこのところ、容態が芳《かんば》しくない。だが、先般、江戸藩邸でお会いした折も、なにやら青ざめたお顔をされておられた。

これには明らかに誇張がある。高熱を発している、食事も喉を通らぬ、など嘘だ。ご隠居なされるほどの病いではない」

「医師団を、抱き込んだかもしれませぬな」

玄蔵が、小声で貫長に耳打ちした。

お庭番は、こうした例をよく知っているらしい。

「それは、ありうるな」

俊平もうなずいた。

「おのれ、茂之め」

貫長が眉間に怒気を赤黒く溜め、拳で膝を打った。

「それに茂之勢は、うちつづく飢饉や一揆を、すべて藩主の失政のように領内で言いふらしておるようだ」

「汚い奴らよ」

俊平は応じた。

「藩の金庫は空との噂もしきり。すべてが誇張にすぎぬ」

貫長についてきた奴面《やっこづら》の諸橋五兵衛が、初めて悔しそうに口をきいた。

「立花様の前で、こんなことを申し上げるのは気がひけまするが」

玄蔵が、慰めるような口調で言った。

「お庭番の調べたかぎり、当節、財政事情は他藩も同じようなもの。柳河藩の財政状態だけが悪化していることはございません。ことに西国諸藩は、打ちつづく飢饉に瀕《ひん》死《し》のありさまでございます」

「そうであろうな……」

俊平は、袂《たもと》に両手を入れて口をへの字に曲げた。

「立花茂之めらは、連判状《れんぱんじょう》を用意してあり、すでに多くの重臣が名を連ねているとのことだ。このままでは貞俶殿は退位せざるをえぬところまで追い込まれよう」

立花貫長が、無念そうに言った。

「ここまで悪事が明らかとなっているのだな。なんとかならぬものか……」

俊平は、玄蔵を見かえした。

「いちおう、上様のお耳には入れておりますが、いまだかくたる証拠があがっておりません。それに、藩政には幕府も口出しをしないことが基本姿勢でございますれば」

玄蔵も、いたしかたないと言った口ぶりである。

「藩主追い落としは、もはやあと一歩というところか」

貫長から報告書を受け取り、またパラパラと目を通した俊平が苦笑いした。

「あ、そうでございました。大岡越前守様からのご伝言がございます」

玄蔵が、俊平に向かって一礼した。

「八丈送りとなった喜兵衛なる町火消しには恩赦《おんしゃ》を与え、呼びもどすことにしたとのこと」

「それは吉報ではないか。よう思い直されたな、大岡殿は。己が誤ちを認め正すことは容易ではなかったであろう。ただ、今はこれがせいいっぱいであろうな」

「さようでございましょう。柳河藩のお家騒動も大事なことでございますが、火消しの喧嘩は早く収めなくてはなりません」

玄蔵が言った。

「それで、ひとつ気づいたことがございます」

諸橋五兵衛が重い口を開いた。

「なんだ、早う柳生殿に申し上げよ」

「さきほど横から拝見いたしましたが、その立花茂之一派の話した記録のなかで、黒《くろ》木《き》宅馬という家臣の名をしきりに呼びかけておりますが」

「ああ、その者なら、芝居茶屋で会っている」

俊平がうなずいた。

「この者が、町火消しの喜兵衛が大名火消しを突き落としたともうしていた男ではございませぬか」

「五兵衛。そち、その者を知っているのか」

「はい。それがし、宗家に顔見知りが多く、そ奴のことをたびたび聞いております。宗家の藩の勘定方で、立花茂之の子飼いの者でございます」

「その者を捉えて、なんとか口を割らすことはできぬものか」

立花貫長が、いまいましげに言うと、

「それはちと……」

五兵衛は苦笑いして主を見かえした。

「なにか、他に策はないものか」

貫長が思案にくれる。

「いまだ確たる証拠となるか定かではござりませぬが……」

玄蔵が俊平を見かえし、ぼそりと言った。

「なんだ、言うてみよ」

「他ならぬ、御前を狙った短筒でございます。お預かりし、作り手を調べておりましたが、どうやら異国の作のようで」

玄蔵は懐を探り、めずらしい銀飾りのついた短筒を取り出した。

「やはり、抜け荷の品か」

「あるいは。鉄砲玉薬奉行に尋ねましたが、このようなものは見たこともないと」

「立花様も、これを密輸品と申されましたな」

惣右衛門が、貫長に問いかえした。

「あるいは。そのような銀飾りの付いた短筒は、本邦の物ではないからの」

「つまり立花茂之は、抜け荷に手を染めているのかもしれぬと申すのだな。玄蔵」

俊平が、短筒を黙って膝元にすすめた玄蔵を見かえした。

「さようでございます」

「これは面白いことになった。惣右衛門、そちの服部半蔵流の小柄の腕が、思いもよらぬところで役に立ったやもしれぬぞ」

俊平は貫長を見かえし、からからと笑いあった。

「これで勝負になる」

「肉を斬らせて骨を断つ、でござったな、柳生殿」

「さよう」

俊平は力づよく貫長を見かえした。

第五章　竜虎《りゅうこ》の剣

一

柳生俊平が、三池藩立花貫長からの使者菅原《すがわら》某を上屋敷本殿に迎えたのは、それから五日後のことであった。

例の奴凧のような面体の用人諸橋五兵衛は多忙を極めているらしく、貫長付きの小姓頭というその若侍は、

――ぜひにもご報告したき儀がこれあり候《そうろう》。本日七つ（四時）深川〈蓬莱屋〉に来られたし。

と走り書きした立花貫長の書状を持参してきた。

俊平は苦笑いして応じた。他に、気の利いた店を知らないのだろう。

まだ陽の高いうちから深川の料理茶屋〈蓬萊屋〉を訪ねてみると、貫長は先日、一柳頼邦と飲んでいた内庭に面した廊下の突き当たりの一室で一人俊平を待ちうけていた。

むろん、このような刻限から料理茶屋を訪ねる客も少なく、店は閑散としている。ようやく西に傾きはじめた陽差しが、張り替えたばかりの障子に照り映えてまばゆい。

「して、報告とは――」

小女にとりあえず酒膳の用意を伝えると、俊平は険《けわ》しい表情の貫長の前に対座して問いかけた。

「黒木宅馬が死んだ」

宅馬は、喜兵衛が柳河藩の大名火消しを突き落としたと証言している立花茂之子飼いの藩士である。俊平も芝居茶屋〈泉屋〉でいちどその姿を見ている。

「いや、死んだというより殺されたらしい。木場《きば》の貯木場に水死体となって浮かんでいたという」

かたわらには、若い芸者の死体があったというが、これは心中に見せかけたいのであろう。

貫長はいまいましそうに膝をたたいた。

「口封じか。汚い奴らだ」

俊平は、胡座を崩して肘を枕にごろりと横になった。貫長の深刻そうな顔はちょっと息がつまる。

「あの夜の争い以来、立花茂之一派はだいぶ身構えている。おぬしが誰であるか、おそらく調べがついたのだろう。かつて大目付をつとめたことのある柳生が動きだしたということで、かなり深刻になっているようだ。動きが見えにくくなった」

貫長は、眉を顰めてざわりと顎を撫でた。

「上屋敷の藩医三人が、国表に送り帰された。貞俶殿の容態が改善されぬとのことで、交代という名目だ」

「ご藩主立花貞俶殿は、上屋敷におられるのであったな」

「いくら容態が芳しからぬといっても、国表に帰すというのもいぶかしい」

「口封じに、殺されるかもしれぬな。これまで毒を盛っていたかもしれぬ」

俊平は思うままに言った。貫長はちょっと驚いた顔をしたが、さもありなんとうなずいた。

と、廊下に人影があって、小女二人が酒膳を運んできた。

膳を並べながら芸者を呼ぶかと訊いてくるので、

「いらぬ」

と言って追い返し、二人で盃を傾ける。

「慎重になってきたとすれば、なかなか手がかりが得られぬようになるな」

「このままいけば、日に日にあ奴らの勢力は増していくだろう。国表での動きには手が届かぬ」

貫長が、呻くように言った。

「国表では、立花茂之の動きをさぐるため、我が三池藩の藩士が、総出で柳河を駆けまわっている。用人の諸橋五兵衛は、江戸詰めの藩士を指揮して、勤番の者に柳河藩の江戸藩邸を探らせている。ようやってくれておる」

「あの奴凧だな」

貫長の話では、優勢となった立花茂之がここぞとばかりに総力をあげて藩の重臣を抱き込みにかかっているという。

「着々と連判状に連なる名は増えているようだ。いつ、貞俶殿にそれを突きつけ、隠居を迫るか」

貫長も脇息《きょうそく》に身を預け、重く吐息した。

「ま、こうした時こそ、まずは気楽に考えることだ」

俊平は、むっくり起きあがり、貫長に朱塗りの色鮮やかな銚子を向けた。

焼き魚は鰤《ぶり》の照り焼きである。

「やむをえぬか。肉を切らせて骨を断つよりあるまいかの」

俊平が、鰤の身をほじりながら言った。

「骨を断つか。柳生殿が言えば、凄味《すごみ》があるな。どういうことだ」

「私が、柳河藩邸に乗り込む」

「柳生殿が……」

「うむ。正面からな。上様の上意《じょうい》をもって、裁きをいただくよりあるまい」

「まだ証拠がないぞ」

「無くはない。急ぎつくるとする。付け焼き刃だがな。順序が逆になるが、上様の上意をいただくのだ。首尾よく証拠が摑めれば、そのままそれを突き出す。柳河藩が抜け荷に手をつけていたとなれば、藩主立花貞俶殿にも厳しい処置はまぬがれまいが、きっとお救いいたすので、ご安心いただきたい。ただ、柳河藩の面目がいささか失われる場面があるかもしれぬ。これは致し方ないがお許しあれとも伝えてくだされ」

「わかった。正面から斬り込むか……」

貫長が、盃をおいて身を乗り出した。

「証拠の品とはなんになる」

俊平は、懐中から惣右衛門から取りあげてきた和蘭渡りの短筒を取り出した。

「これについては、ちと調べた。和蘭渡りでも最新の物らしい」

「立花茂之は抜け荷に手を出していたということだな」

「藩主の座を奪い、大々的に抜け荷を始め甘い汁を吸おうというのであろう。薩摩などども、派手にやっているという。西国の諸藩はいずこも怪しい」

「さすが、元大目付柳生殿は恐ろしいの。だが、それを暴けば柳河藩もただでは済むとも思われぬが……」

「ご藩主は、あずかり知らぬのであろう」

「無論だ」

「私が上様にそのあたりのところはご説明する。柳河藩にはなるべく厳しいご処分のないようお願いする。そのかわり、私がお訊ねした折には、貞俶殿はなるべく包み隠さずお話しいただきたい」

「それが、肉を切らせて骨を断つということか」

「そういうことだ。ご藩主貞俶殿には、お味方の総力をあげて藩内の抜け荷の仕組みを調べていただくよう申し上げてくれ」

「あいわかった。して、こたびの俊平殿の立場はどういうことになるのだ」

「抜け荷のための特命の総目付ということにしていただこう」

「上様は、この一件すでにご存知なのか」

「お庭番の玄蔵が報告はしていようが、まだ詳しいことはご存じあるまい。これより登城して私がこれまでの経過をご報告する」

「厳しい処分も覚悟の上で、ここは藩の膿《うみ》を出しきるよりあるまいな。承知した」

「上様の関心はあくまで町火消しと大名火消しの争いだ。柳河藩が、殺人を認め、一件落着すれば、おそらく上様の寛大なご処分が期待できよう。いずれにしても、ここは運を天にまかせるよりあるまい」

「うむ」

立花貫長は腹をくくったとみえ、吹っ切れた明るい眼差しで俊平を見かえした。

「貞俶殿は、いよいよ腹を決めたと申されておる」

それから三日の後、大目付大場忠耀とともに下谷御徒町の柳河藩上屋敷を訪ねた柳生俊平を、玄関先に出迎えた立花貫長は、するすると近づいて耳打ちした。

俊平が大目付を伴い訪れたことに立花貫長は緊張していたが、大名の裁きであれば役儀上、大目付を通さないわけにはいかないことは納得できることである。

「揃っておるのか」

俊平が、貫長に小声で問いかけた。

「揃っておる。なにせ特命の総目付が、審議のため訪問するというのだからな」

貫長は、後から駕籠を下りてくる大目付をちらりと見やった。

大目付一行と俊平が本殿大広間に通されると、柳河藩十万石の重臣がうち揃ってなにごとかわからぬまま険しい表情で座っているのが目に入った。

家中の主だった重臣が、ずらり左右に控えているようである。むろん立花茂之や家老の大楠丹後の姿も見えた。

大目付大場忠耀が藩主に入れ替わって上座に座り、俊平は一段下がった下座の廊下側に座した。

藩主立花貞俶がうやうやしく大場忠耀に平伏すると、

「本日は柳河藩に不行き届きの儀、これありによって査問いたす。その前に――」

そう言って、大場忠耀は俊平に目をやると、

「柳生殿も大切なお役目を仰せつかっておられる。いざ、こちらに」

大場忠耀が俊平を上座に誘った。

　小姓が慌てて俊平のために上座を用意する。

「一同、こちらは柳生藩のご藩主にて、上様の剣術指南役であられる柳生俊平殿じゃ」

　大場忠耀は、下座に控える柳河藩重臣をぐるりと睥睨《へいげい》して言った。

「柳生家は、ご存知のごとく幕府創世期から総目付を拝領したお家。諸藩の動きに目を配る大役をつとめあげてこられ、こたびは上様の特命により大名火消しと町火消しの争いを調べてこられた」

　大場忠耀がそう言って柳生俊平に一礼すると、左右の重臣の間からどよめきが起こった。

　立花茂之と家老の大楠丹後がぎょっとして俊平を睨んでいる。

「これまで、お調べになられたことをお話しくだされ」

　大場忠耀に促され、俊平はあらためて一座を見まわすと、

「それがしのお役目はあくまで特命、本日の詮議《せんぎ》の一件とはことなるが、かかわりはござる」

　そう前置きし、俊平はわずかに前屈みになって立花茂之と家老の大楠丹後を睨みす

えた。

「こたびの大名火消し、町火消しの騒動で江戸の町火消し一人が、いわれのない嫌疑をかけられ、異議も唱えられず島送りとなった。これによって江戸の町火消し全体が消防への意欲を失っている。このこと、上様もいたくご心配になっておられる」

隣の座で、大目付の大場忠耀が大きくうなずいた。

「およそ一月《ひとつき》前、ご当家近くの華蔵院で起こった消し口をめぐる騒動で、ご当家の家士久木与七郎を突き落とし殺害した町火消し喜兵衛なる者が、ただいま再審議のため八丈島からもどっておる」

大広間に居並ぶ重臣の間から、ざわめきが起こった。

「その者の言い分では、死んだ久木与七郎を突き落としたのは、背後から屋根に上ってきた仲間の黒木宅馬であるとのことでござる。先日、その宅馬の水死体が深川の木場で揚がった。南町奉行大岡忠相殿が八丈島から呼び戻した喜兵衛に見覚えはないかとその死体を見せたところ、この者が屋根から被害者を突き落としたと言う。まだ誰とも知らせずその者に死体を見せたのに、すぐにその者が屋根から被害者を突き落としたと見極めたのがその証拠である」

「まったくもって、ごもっともでございます」

下座の藩主、貞俶が平伏した。

「さらに、その水死体は深川の芸者と心中したように見せかけていたが、致命傷は脇腹にあった。心中で、脇腹は突くまい。さらに、その心中の片割れの芸者を、その夜、不審に思った同僚の芸子が跡を尾けており、二人が出会ってすぐ、背後から現れた数人の者に殺されたのを目撃したという」

「柳生さま、それはあくまで芸者の証言、たかが町の芸者の証言をお取り上げなされますか。金を摑まされれば、どうとでも申しましょう」

立花茂之が、膝を乗り出し異論を唱えた。

「いったい誰が芸者に、なんの目的で金を摑ませる。されば、そこな二人、これをなんと見る」

俊平は懐中から印籠《いんろう》を取り出し、左右の重臣に向けた。

「これは、死んだ黒木宅馬がしっかり握りしめていた物。紋所は柳河祇園守《ぎおんまもり》、まぎれもなく立花家のものでござろう」

「腑に落ちませぬな。これは何者かが仕組んだものかもしれぬ。当家に罪をきせる罠と心得る」

立花茂之が、いまいましげに俊平の言葉を遮《さえぎ》った。

「立花茂之殿、そなたとは芝居茶屋ではいろいろ愉しく語りあったの。深川ではなにやら隣室で密談中であった。ご藩主追い落としの連判状の話も聞こえてきておる。死んだ久木与七郎は、ここなご藩主貞俶殿の忠臣、水死体となって揚がった黒木宅馬は、そこもとの子飼いの者。久木与七郎は、そなたらの動きを内偵しておったそうな。邪魔になって殺害したのであろう」

「滅相《めっそう》もない。妙な憶測をもって我らを貶めるご所存か」

「調べはさらにすすんでおる。この火消し殺しの背景にあるのは御当家の内紛。御家騒動である。そうであるな、立花貞俶殿」

貞俶は大仰にうなずいて平伏した。

「ただ、この御家騒動の非はそこな立花茂之殿にある。領内の疲弊《ひへい》をよそに、一揆、打ち壊しを焚《た》きつけ、主を毒殺せんとの企みさえ疑われる。これらはみな、上様直属のお庭番もつかんでおる」

立花茂之が血相を変えて、膝を詰めた。

「立花茂之殿、悪あがきは止めるがよい」

大場忠耀が一喝《いっかつ》して、おもむろに懐中を探った。

取り出したのは、一丁の和蘭渡りの短筒である。

立花茂之が、ぎょっとしてたじろいだ。

「これに、しかと見覚えがおありのようだの、立花茂之殿」

大目付大場忠耀が、立花茂之を睨みすえ上座で膝を立てた。

「柳生殿。さ、お話しくだされ」

大場忠耀が、ふたたび俊平を促した。

「これは、半月ほど前のこと、それがしが三池藩主立花貫長殿と深川の料理茶屋で遊んだ帰り道、襲いかかった賊が落としていったもの。幕府は、鉄砲の輸入を厳しく管理しており、この種の短筒は輸入しておらぬことが判明した。されば、これは抜け荷の品、ということになるがいかがか、立花茂之殿」

俊平が、大広間に響き渡る大音声《だいおんじょう》で問いかけた。

立花茂之は、怒気に相貌《そうぼう》を赤黒く染め、震えている。

「それがし、こたび影の目付の大任をお受けするにあたり、上様より腕利きのお庭番を付けていただいておる。そのお庭番が当藩の立花茂之殿が専有する屋敷を探索し、奇妙な物を多く発見した。これがその一つだ」

俊平は、もう一丁の短筒を懐から取り出した。

「どこから出てきたと思われるな」

立花茂之は、俊平の鋭い視線を受け、顔を背けた。

「ご貴殿の部屋の手文庫のなかにあった」

「ええい、知らぬ」

唇をへの字に曲げてふたたび俊平を睨みすえると、立花茂之はまた俊平から顔を背けた。

「その言葉、そのまま上様に申し上げるが、上様がどのようなご判断をされるか。お庭番は、上様直属の密偵にて、その報告をご信任なされておられる」

並居ぶ柳河藩の家士の間から、ざわめきが起こった。

「茂之、さらにうぬの部屋からは、紅毛わたりの珍品が多数見つかっておる。黄金の置き時計、地球儀、音曲箱《オルゴール》など、どのようにして手に入れた。もはや、うぬが抜け荷に手を染め、柳河藩を我がものとして大々的に利益を得ようとしていたこと明白。シラを切ることなどできぬと知れ」

俊平は、立ち上がってつかつかと立花茂之のもとに歩み寄った。

立花茂之一派の家士がいっせいに立ち上がり、脇差しに手をかける。

「ええい、出会え、出会えッ！」

立花茂之のすぐ脇に控える大楠丹後が叫んだ。

廊下を激しく駆けるまわる足音がある。

あちこちの襖が左右に弾かれたように開かれ、すでに抜刀した襷がけの家士が部屋に雪崩《なだれ》込んできた。立花茂之一派の手勢であろう。その数二十名ほど。

「こ奴を斬れ！」

俊平を指さし、立花茂之がわめき騒いだ。

と、新手《あらて》の武士団が刀の下げ緒《さお》を抱えて飛び込んできた。

その者らを背に、立花貫長が立つ。

抜刀したその構えからみて、三池藩選りすぐりの強者であろう。

俊平は、左右から斬りつけてきた者五人を、刃を合わせることもなく脇差しで討ち払い斬り払った。

みごとな片手討ちである。

あまりに美事な太刀さばきに、俊平を取り囲んだ男たちが、凍りついたように動けない。

立花貫長の家士が、茂之と家老大楠丹後を取り押さえると、

「みな、鎮まれ！」

立花貞俶が澄んだ声で家臣に命じた。

もはや観念した立花茂之の家臣が、頭をうなだれ刀を引いた。

大広間のざわめきがおさまると、

「鎮まれ、鎮まれい。上意《じょうい》である」

大目付大場忠耀が、朗々と声をあげ、懐中から書状を取り出した。

将軍吉宗の上意である。

大場忠耀は書状を捧げるように拡げると、藩主をはじめ、並居る家士がいっせいに平伏した。

大場忠耀は柳河藩の罪状を読みあげる。

藩主貞俶の処分について語りはじめると、みな固唾を呑んで聞き入った。

「家臣の企てとはいえ、こたびの御家騒動、柳河藩主貞俶の責任は見過ごすことできず。これより三月《みつき》の間上屋敷にて、謹慎のこと。さらに抜け荷については、立花茂之単独の企てにて、藩主は知らぬことと存ずる。今後、このようなことがなきよう藩主の監督の任、重大である」

大場忠耀が朗々と吉宗の上意を読みあげると、大広間に安堵の吐息が広がった。

俊平は立花貫長と顔を見あわせ、にやりと笑った。

「柳生殿が、柳河十万石を救ってくださったな」

「いや、私の力など。それよりも、ここからは貞俶殿がどう藩を立て直すか、腕の見せどころだ。貫長殿も、手を貸して差しあげてくれ」

「うむ。もとよりのこと」

俊平が茫然と佇む藩主立花貞俶に目を向けると、貞俶はあらためて俊平に深々と一礼するのであった。

二

江戸城中奥《ちゅうおく》将軍御座所では、稽古に汗を流した吉宗、俊平主従のほか、南町奉行大岡越前守忠相も招かれてくつろぎのひとときを愉しんでいた。

「めずらしい茶が手に入った」

吉宗が、小姓の運んできた茶を、俊平と忠相に勧めた。

それをひと口含んだ俊平は、

――これは。

とつぶやき、にやりと笑った。

びわ茶である。

「献上の品だ。伊予小松藩より届いた。びわの葉の茶という」

「それはめずらしうございまする」

　忠相も、ひと口含んで頷いた。

「よき薫りの茶でござりまするな」

「なにやら、体全体が爽やかな気分になる。俊平、伊予小松藩と三池藩とはしごく仲良くやっているようじゃの」

「上様は、なぜそのようなことまで」

　俊平は、驚いて吉宗を見かえした。

「忠相から聞いておる。菊の間の大名たちも、仲間に入りたがっておるようじゃ」

「ご冗談でございましょう。いつも騒がしいと白い目を向けられております」

「はは、それは面白い」

　吉宗は笑みを絶やさない。

　俊平は、あらためて吉宗を見かえした。吉宗は、ことのほか俊平に親しみを感じているようである。

「献上品といえば、俊平、そなたの藩からも届いておった」

「柿の葉鮓《ずし》でございまする」

「うむ」

「ひなびた里の素朴な品でございまする。上様のお口に合いますやら」

「なに、まことに美味であった。じつはな、毎年届くのを愉しみにしておった。今年の出来は、ことのほかよいようであったな」

「ありがたきお言葉――」

「柳生藩も、円満のようじゃの」

「ようやく、養嗣子の主を家臣も認めてくれるようになりましてございます」

「こたびは、仲間同士力をあわせて柳河藩の内紛を収め、町火消しの不満を解消させてくれた。俊平、そちの働き、多といたすぞ」

「過分のお褒めにあずかり、恐縮至極に存じまする」

「それにしても」

吉宗はふと宙を睨み、

「かの柳河藩は危ういところであった。取り潰しとうはないが、口うるさい幕閣らの耳に届いておれば、あのままにしておくこともできなかったやもしれぬ。影目付であるそちのはたらきあってこそ穏便に処理することができた。そちのはたらき、多とするぞ」

「ただだ、もったいないお言葉を頂戴いたしまする」

俊平は茶碗を茶托《ちゃたく》に戻し、吉宗を見かえした。

吉宗の顔がにわかに陰っている。俊平の脳裏に悪い予感が過《よぎ》った。

「さて、加増の件じゃが……」

「はい」

「これからも、そちにはたらいてもらいたい。ついては、一件ずつ加増するのも煩雑《はんざつ》。まとまったところで、禄を増やすことにしたい」

「はあ、それはありがたきことにございまする」

俊平は、俯いたまま唇を曲げた。

家臣の不満そうな顔が目に浮かんだ。

「悪く思うなよ。これも、そちに期待しておるからじゃ。今は空いている領地がない」

「心得ております」

「忠相――」

吉宗は、またびわ茶の入った茶碗を持って大岡越前守に笑顔を向けた。

「町火消しどものはたらきはどうじゃ」

「事件の背景に柳河藩の御家騒動があったことを知り、みな晴れ晴れとした顔をしておりました。これまでどおり、働いてくれるものと確信しております」

「その後、火消したちとは会うたのか、忠相」

「はい。火消し組合の寄合に招かれました」

「そうか」

「みな、江戸の消防に命を懸けております。信じてよい連中でございます」

「町火消しの制度、まちがいではなかったのだな」

「けっして。江戸の町人はみな頼りとしております」

「そうか、これからの江戸の消防は町火消しが中心になろうな」

吉宗は忠相に向かって訊ねた。

「おそらく」

俊平もそう思う。

森脇慎吾の話を聞けば、大名火消しなどとても太刀打ちできそうもない。

俊平の脳裏に〈を組〉の辰次郎の記憶が甦《よみがえ》った。

「いやはや、危ないところでございました。ことなかれの判断で、町火消しを島送りにしてしまい、江戸の町火消しを台無しにするところでございました」

俊平はあらためて忠相を見かえした。己の失敗をこれほどあからさまに正す役人を見たことがない。

「なに、それについては忠相一人の責任ではない。余が解決をせかせた。町方はそち、大名がらみの問題には俊平が必要となろう。うむ。そちと俊平はことの外《ほか》よい組み合わせじゃ」

吉宗は、目を細めてうなずいた。

「それでは、大目付大場忠耀殿のお立場は」

「そうであったな。さすれば俊平は、どちらにも手が出せぬ両者にまたがる部分がよいかの」

「はて、難しうございますな」

「なに、そうした問題はこれからたびたび起ころう」

吉宗はそう言って、手にしたびわ茶を咽を鳴らして呑み干した。

三

「あれは、只者とは思えませせぬな」

道場での稽古でひと汗流した用人の梶本惣右衛門が、思い出したように呟いて本殿の廊下をすれちがった俊平に告げると、また虚ろな顔で歩き去っていった。

惣右衛門を追いかけて訊ねると、道場の格子窓から覗いていた見物人のなかに、異様な侍がいるということらしい。

「そちらしくもない。どういうことだ」

「とんと見かけぬ顔でござった」

惣右衛門が、たたみかけるように言った。

これまでかなりの数の一刀流の門弟が押しかけてきたが、そのなかにはいなかった新顔の者らしい。

「どうも江戸者とは見えませぬな」

二十年来の用人が、これまで見せたことのない落ち着きのなさである。

「あれは出来まする。当道場にとって災いとならねばよろしいが」

惣右衛門とて柳生新陰流を修めて十年近い。

腕も相当あがっている。

切紙《きりがみ》以上の腕はあろう。その惣右衛門がそこまで言うのであるから、よほどの者であろう。

「立ち合ったのか」

「いえ、その、それがしの勘にすぎませぬ」

惣右衛門が、また思い出したように言った。

「江戸は広い。諸国から集まる諸藩の勤番侍もおろう。江戸で見ぬ顔も、それなりにおろう」

「そうではございますが、江戸に出てきた諸藩の武士も、しばらく経つと、およそ江戸の水に染まってどこか垢抜けた、悪く言えば気魄《きはく》のないのっぺりした顔になるものでございます」

「のっぺりの」

俊平は、苦笑いして自分の頬をつるりと撫でた。

そう言えば、俊平も越後高田から江戸に出てすでに十年近い。さぞや気の抜けたのっぺり顔になってしまったであろうと思えるのである。

だが、惣右衛門の見た男は、そうした江戸の水に染まる前の粗野な猛々《たけだけ》しさと、危なげな攻撃性をもちあわせているらしい。

惣右衛門と並んで、本殿の廊下をすすむ。

「地方で、剣術一途に励んできた者でございましょう。さきほど見たところ、腰に差した刀が並のものではありません」

「おぬし、どこからその者を見ていたのだ」

「玄関の側からでございます。およそ二尺五寸はあろう直刀で、柄《つか》も長大、馬でも断ち斬るほどの豪刀でございました」

「そのような刀があるのか」

俊平は、惣右衛門の話が気になって道場に出てみた。

すでにくだんの武士の姿はなく、道場では紅一点、伊茶姫が一刀流の型稽古に余念がなかった。

「姫、さきほどまで妙な侍が稽古場を覗いていたというが、見てはおられぬか」

「見ておりました。目も合いました。なぜか、私の手筋を凝視しておりました」

「なんと」

俊平は、不安げに伊茶姫を見かえした。

「柳生新陰流道場にあるまじき一刀流の剣を使うのですから、いぶかしく思ったのかもしれません。気持ちのよいものではありませんでした。それに、すさまじい眼光、敵意さえ感じました」

「敵意が。それはただごとではない。心当たりは――」

「ありません。ただ、相当な遣い手と思われます。あるいは」

「あるいは……？」

「私の剣に敵意を向けるということは、同じ一刀流なのかもしれない、と思うのです」

「つまり、一刀流でありながら、柳生新陰流の道場で稽古をする裏切り者と」

「はい」

「伊茶殿には、まことにすまぬことをしたな」

「そのような」

伊茶姫はそう言ってうつむいた。

数日前、深川で俊平が一刀流浅見道場の門弟に襲われた折、伊茶姫は門弟の動きに不安をおぼえ、その後を追ってきて俊平に助太刀した。それ以来、浅見道場にはもどっていない。

「すっかり同門の友を、敵にまわしてしまわれた」

「友などと。もともと私は鬼小町などと陰口をたたかれておりました。それに、この柳生道場に来るようになってからは一刀流の者から白い目を向けられていました」

「だが、このままでは伊茶殿に危難が及ばぬともかぎらぬ。しばらくここに来ぬほうがよいのでは」

「いえ、一刀流の誇りを失い、俊平さまを闇討ちする輩など、もはや私も見とうはありません。といって、稽古をせねば、日に日に腕がなまります」

「それはそうであろうが……」

俊平も、そこまで言って口をつぐんだ。

伊茶姫には伊茶姫のやり方があるだろう。

「それより、さきほど門弟の方から話を聞いたのですが、このところあのような敵意を放つ見物人が増えているそうにございます。浅見道場の門弟と入れ替わるように、どこからやってきたとも知れぬ兵法者然とした武士がじっと稽古のようすをうかがって帰っていくというのです」

「そのこと。はて、何者であろうか」

「私は、いやな予感がいたします」

「申されよ」

「柳生新陰流にそれほどの敵意を抱く流派といえば、将軍家剣術指南役の任を外された小野派一刀流以外にありません」

「されば、諸国から小野派一刀流の遣い手が集まってきていると申されるか」

「あるいは。いえ、さらに疑えば、小野派一刀流だけではなく、一刀流の諸流が江戸に集まっているのかもしれません。これは伊茶のただの勘にすぎませぬが……」

伊茶姫は暗い表情で俊平を見つめ、また顔を伏せた。

「そうだとすれば、ただならぬことだ。一刀流は、伊東一刀斎殿から、神子上典膳(小野忠明)殿を経て、さまざまな支流に別れつつ、隆盛を極めている。そうした一刀流が、次々に柳生新陰流に挑みかかる、とはまるで悪夢のようだ」

俊平はそう言ったが、伊茶姫には俊平はどこか薄く笑っているように見えた。

剣を修めた者が、本能的に己の剣を他流と比べようとする気持ちは、伊予姫にもよくわかる。俊平はどこかで立ち合ってみたいと思っているのかもしれぬと思った。

「まことに、俊平さまも悪夢と思えまするか？」

「恐れておる。どんな遣い手が現れるか予想もつかぬからな。ただ、面白くもある。闘ってみたい気持ちもある。強い剣に生きる剣客は、いつでも命を捨てる覚悟はある。それは大名でも浪人でも同じ。それより……」

「まあ。わたくしなど、そのような境地にはとても至れません」

「そなたは女人だ」

「女を侮られるのですか」

「そうではないが」

「剣などに生きるより……」

「そうは言うておらぬが……」

俊平は、ふと心配になってきた。伊茶姫の身である。相手は女であろうと、裏切り者は容赦はすまい、と思えるのである。

「やはり、姫、しばらくここには来ぬほうがよいな。さらに怨みを買うだけだ」

「いやでございます。むしろ、俊平さまが心配になってまいりました。屋敷におれば、きっと心配で食事も咽を通りません。それくらいなら、かなわぬ敵と斬り結んだほうがいい」

「それは勇ましい」

そう言って、道場の格子窓にまた目をやると、異様に鋭い眼差しをもつ総髪の武士が、道場の立ち合い稽古をじっとうかがっている。

「あの者は、さっきの者ではありませんな」

「初めて見る顔です」

「ふむ。正体を探らせよう」

俊平は、老僕に声をかけ、稽古着姿のいつもの若党三人を玄関口に呼んだ。

「殿、お出かけでございますか」

「いや、そうではない。ちと気になることがあってな。そなたらに頼みたいことがある」

俊平は三人に、格子窓から道場を覗いている総髪の武士の後をつけるよう命じた。

「よいか、腕は立つ。危ないと思ったら、逃げ帰ることだ。けっして争ってはならぬぞ」

そう厳命すると、

「そのとおりにいたします」

もとより、相手は格上と見ているのだろう。三人に争う気はないらしい。

そう言って、三人は身を沈めるようにして道場の格子窓がうかがえる表門脇の櫟《くぬぎ》の木影に駆けていった。

四

「殿、大変でございます。やはりあの者ら、築地の浅見道場の者でございます」

岡部一平が添え木の当たった腕をつかみ、無念そうに唇を噛んだ。

道場では戸板で運ばれもどってきた今井壮兵衛を含めさんざんに打ちのめされ、半死半生でもどってきた三人を囲んで、みな刀を摑んでいる。

日頃は弱腰の門弟たちも、同門の士がここまでしたたかに打ちのめされては、さすがに黙ってはおれない。刀の目釘《めくぎ》を調べる者、襷をかける者、手槍をかいこむ者、火事装束に身を固める者まである。

「それが……」

今井壮兵衛が悔しそうに語るところによれば、浅見道場の者らに襲われたという。

総髪の侍を尾け、浅見道場に入るのを見とどけた三人が、近くの屋台の蕎麦屋で空腹を満たし、夕闇のなかを道場にもどる途中、いきなり背後から襲われ、木刀でしたたかに打ち据えられ大怪我をさせられたという。

三人は一方的にやられ、立ち上がれぬまま地に崩れていたところを、通りかかった通行人に助けられ、通報で駆け付けた門弟に肩を担がれ、戸板に乗せられて帰ってきたという。

「不覚でございました。我らが尾けていることに、気づいていたのでございましょう。ものの見事に反撃を食らってしまいました」

早野権八郎が言えば、

「現場を見た町衆は多く、おそらく柳生の門弟がやられたとの噂が立ちましょう」

今井と岡部が痛みを堪えて俊平に告げた。

「ううむ。だが、ここは自重が肝要だ」

将軍家御家流の柳生新陰流が、一刀流と正面切って喧嘩をすることはできない。

「俊平さま、大変なことになりました」

伊茶姫が駆け付けてきて、声をあげた。

酷くしょげている。もとはといえば、伊茶姫が柳生道場に見物に来たことから始まったと考えているようである。

「そなたが悪いわけではない。とにかくここは耐えるよりあるまい。事態の鎮静化を待つよりあるまい」

俊平がみなをなだめた。

「しかし殿、このままにしておくわけにはまいりませぬ。事は柳生新陰流、いえ、将軍家の威信にもかかわること。反撃もせぬでは弱腰と嘲られましょう」

森脇慎吾が大刀を握りしめて言う。

「まあ待て、慎吾。それでは相手の思うつぼだ。相手はこちらを挑発しているのだ。小野派一刀流は柳生新陰流より強いと世間に知らしめたいのだ。みすみすその手に乗ってはいかん」

「あの者らの何人かは、おそらく江戸に呼び寄せられた一刀流の諸流の高弟たちのはず」

「慎吾もそう見たか」

「はい。たとえ闇討ちとはいえ、三人が一方的にやられるのは、相当腕が立つ証拠。こちらの出方しだいでは、今後もこのような狼藉《ろうぜき》を繰りかえしましょう。ここはなんらかのしめしをつけねばなりませぬ」

「しめしか……」

「懲《こ》らしめねばなりません、俊平さま」

伊茶姫も、柄頭をつかんで声を強めた。

「姫はお強いの。しかし、相手は浅見道場の門弟たちではなく、諸国から一刀流の名誉のために集まった剣豪ばかりだったとしたら、勝つ自信はおありか」

「それは、自信などございませぬが……」

「そうであろう。もし敗《やぶ》れれば、柳生の名声に傷がつく」

「殿ッ！」

門弟たちが、すがりつくように俊平の腕をとった。

「されば、こちらも柳生新陰流の名誉を懸け、尾張柳生や大和柳生宗家に支援を求めまするか」

「馬鹿を申すな。これは旗本奴《はたもとやっこ》や町奴《まちやっこ》の喧嘩ではないのだ」

「されば、どうしたら……」

森脇慎吾が、悔しそうに唇を嚙んだまま、俊平を見かえした。

「ここは、私が話をつけてこよう」

「俊平さまがお一人で……？」

「なに、喧嘩をしに行くわけではない。これ以上、互いを傷つけるものではないと伝えにいく。たとえ柳生に一矢報いたとしても、一刀流は闇討ちをする卑劣な流派と嘲られよう。浅見殿もそのようなことを望んではおられぬはずだ。互いに剣の道に生きる者同士。腹を割って話せば、わかってくれよう」

「しかし、相手は柳生に雪辱《せつじょく》を果たしたい一心。しかも柳生新陰流など、ものとも思っておらぬのではありませんか」

「思い上がっておれば、私が正す」

俊平は、きっぱりと言いきると、

「伊茶姫、浅見道場はどこにある。案内してくれぬか」

愛刀肥前忠広を腰間《ようかん》に静かに落とした。

小野派一刀流浅見道場は、築地の外れ、西本願寺の殿舎や塔頭《たっちゅう》を遠望する林のなかにあった。土塀に囲まれており、その内側から松が顔を出している。物陰から玄関をうかがえば、時折門弟が出入りをしている。相当の数の門弟をかかえる大道場である。

「見かけぬ者が入っていきます」

櫟の大木の陰で伊茶姫が俊平の耳元にささやきかけた。すでに三年の間道場に通い、門弟の顔はあらかた見知っているはずの姫がそう言うのであるから、道場にはやはり通常とはちがう人の出入りがあるのであろう。

「あ奴は、見たことがある」

次に玄関から出てきた男に、俊平は目を向けた。三日ほど前、柳生道場の格子窓から、中を覗いていた目つきの異様に鋭い男である。

「まあよい。争いに来たわけではない。姫はここで待っていてくだされ」

俊平は伊茶姫を残し、すたすたと歩きだした。

「やはりお一人でなかに入るのは危のうございます。門弟はいちど俊平さまに襲いかかっております」

　姫が、慌てて俊平の後を追ってくる。

「だが、あの夜、道場主の浅見殿は最後まで手を出さなかった」

「とはいえ、門弟は真剣で斬りかかってきたではございませんか」

　俊平は笑ってとりあわない。

「されば、私もまいります」

「姫はここで待っておられよ」

「いやでございます」

　伊茶姫は、いつも言い出したら聞かないのを俊平も知っている。

　俊平は伊茶姫に背を向け歩きだした。

　俊平は玄関に立つと、姫がすぐ隣に並んだ。

「頼もう」

　門弟が現れ、俊平の姿を見つけると、

「あっ」

　間の抜けた声をあげた。

　この門弟は、深川で襲いかかった者らのなかの一人らしい。

「なにをしに来た」

俊平と伊茶姫の姿を見て、声を震わせている。

「浅見殿と話がしたい」

そうは言ったものの、俊平も別に深い思案があるわけではない。

とにかく敵対しあい、いがみあってはまずいと思いここまで来たまでのことで、浅見が話に乗ってくるかどうかまでは考えていない。

そのうちに玄関から、庭さきから、門弟がぞくぞくと集まってきた。

たった二人で乗り込んできた俊平と伊茶姫に、門弟たちはかえって脅威を感じているらしい。早々と刀の柄に手を掛ける者もある。

「来客中のご様子。いろいろな一刀流が集まっておられる」

俊平がかまをかけるように訊いてみた。

「だったらどうだというのだ！」

門弟の一人が言った。

柳生新陰流と対決するために呼び寄せたのだから、事情は門弟もよく承知している。

柳生側がそれを知って、俊平が伊茶姫を伴い自ら乗り込んできたと思ったらしい。

「まあ、待て。そう気色《けしき》ばるものではない」

玄関に立つ門弟たちを見まわして、俊平が言った。

「門弟の仇《かたき》を討ちに来たのではない。このような争いは、互いの流派にとってよいことではない。そのことを浅見殿と話しあおうと思いまいった。だから、お取り継ぎ願いたい」

もういちど俊平が念を押すと、

「だ、黙れ！」

背後で、誰かが叫んだ。

「まわり込むのだ」

脇からも声があがる。

興奮に耐えられず、抜刀する者が数人現れた。

「待て」

嗄《しゃが》れた声が、玄関の奥から聞こえた。落ち着きはらった低声である。

「先生、柳生が――！」

門弟の一人が叫んだ。浅見平九郎である。

「来たか。柳生俊平」

「来た」

「当方の門弟が、そなたの門弟に狼藉を働いたそうだな。すまぬことをした」

「そのことで、浅見先生と話しあいにまいった」

「話しあい。さて、門弟どもは気が荒い。話しあいの最中に斬りかかっても、私には抑えられぬ」

浅見平九郎はずるそうに笑った。

「それに、話したところで門弟の腹は収まらぬであろう。一刀流は、今でも柳生より上と思うておる。しかしながら、処世術で負け将軍家剣術指南役を勝ち取られた」

浅見平九郎は、憎々しげに俊平を睨みすえた。

「こたびのこと、残念であった。だが、お役を下ろされたからといって、我が流派を恨むのは筋違いであろう。柳生新陰流が、小野派一刀流を排除したわけではない。一刀流は天下一の剣、それは今も変わらぬはず。この江戸では一刀流諸流が隆盛を極め、それぞれに門弟を集めておるではないか」

「それは気やすめで、門弟どもには通用すまい。一刀流は、いたく誇りを傷つけられた。一刀流の諸流はみな怒りをおぼえておる。剣はそも、政治ではない。力の優劣がすべて。それゆえ、打倒柳生新陰流の思いを胸に江戸に集まってきた」

「柳生新陰流は、将軍家御家流であることをなんとも思うておらぬ。また、一刀流を見下すつもりも毛頭ない。たがいに切磋琢磨し、剣技を極めようではないか」

「切磋琢磨か。剣技を磨くか。それもよい。ならば、他流試合をいたそう。今も、みなで柳生道場へまいろうと話しあい、書状をしたためていたところだ」

「他流試合？　あいにくだが、柳生新陰流は将軍家の御家流、他流との試合は慎んでおる」

「臆したか、柳生新陰流」

浅見平九郎がありありと侮蔑《ぶべつ》を浮かべた。

「そうではない。将軍家の剣は統治の剣、活人剣《かつじんけん》である。互いに相手に克《か》つために争いあう剣であってはならぬ。このこと、かつては小野派一刀流も将軍家御家流であったゆえ、ご承知であろう」

「なんの。我らはすでにお役を下りておる。剣技を極めるため、あえて優劣を明らかにしたい。将軍家の立場など、知ったことではない。されば稽古試合をいたそう。稽古試合なら、そこの伊茶姫がおぬしの道場ですでに行っておる。問題はあるまい」

「やむをえまい。されば、私がお相手いたす」

俊平が言った。

「おぬしが。面白い。当流の稽古は荒い。五体そのままでは道場を出られぬようになるかもしれぬが、よろしいな」

「ふむ」

俊平は無愛想に応じたきりである。

浅見は、踵をかえして俊平と伊茶姫を道場に招き入れた。

道場では、左右の壁に背を向けて、二、三十人の門弟が座していた。

そのなかに、たびたび柳生道場に押しかけてきた門弟や、諸国からやってきた一刀流の諸流の者も居並んでいる。

「それでは、お手並みを拝見いたそう」

浅見平九郎が、不敵な笑みを浮かべて俊平を見た。

「稽古試合なれば、ご門弟を選ばれよ」

俊平が、平九郎を促した。

「稽古試合とはいえ、一刀流は、真剣による一刀両断を本分とする流派。防具を極力用いぬが習わし。怪我をされるかもしれぬ」

「稽古で怪我をするはもとよりのこと」

「それから、お一人で門弟多数と当たることになる。先が詰まっておる。あまり休憩はたっぷりとれぬが、それもよろしいな」

（つまりは、立切《たちきり》勝負ということか……）

俊平も呆れて浅見平九郎を見かえした。

門弟が一人一人休みなく打ち込んでくる方法で、俊平が疲れ果て倒れるまで追い詰める作戦らしい。うかうかしていると、力尽き命を落としかねない。

だが、ここまで来た以上、退きさがるわけにもいかなかった。

「お互いぎりぎりの勝負でなければ、それぞれの流儀のよいところはわかるまい」

浅見平九郎が、薄笑いを浮かべて言った。

「して、お相手は」

俊平は、左右に別れて壁際に座す門弟たちをぐるり見まわした。

「将軍家剣術指南役に敬意を表し、すでに立ち合った門弟は除外する。こたびは諸国から集まった一刀流諸流のなかから、その高弟を相手にしていただく」

浅見平九郎がそこまで言うと、

「先生、支度が整っております」

見たことのない奥州なまりの門弟が言った。

俊平は、手渡された竹刀を手に道場の中央に進み出た。

「審判は、私がつかまつる」

浅見平九郎が脇に立ち、俊平の相手を招き寄せる。

「溝口派一刀流柿谷喜兵衛《かきやきへえ》、お相手いたす」

互いに竹刀をかまえ、蹲踞《そんきょ》した。

溝口派は、一刀流のなかでは変わりだねで、会津藩《あいづはん》の御家流で門外不出、噂によれば、柳生新陰流同様、後《ご》の先《せん》を得意とし、相手の出方を待って機敏に左右に転じ勝ちを得る流儀という。

俊平はゆるやかに数歩退いた。相手は動かない。

足のひらを曲げ、三点だけで猫のようにやわらかく立ち、少しずつ前に押し出していく。相手の機敏な動作に対応するため、竹刀もことのほかやわらかく持ち、だらりと下段に下げた。

間合い三間――。

相手はようやく隙を見て撃って出た。

一刀流極意一刀両断である。

相手の竹刀を弾いて、怯むことなくそのまま真一文字に切り下ろす荒技である。

だが、俊平は竹刀をあわせることなく体をかわし、すかさずぴしゃりと相手の小手を打っていた。

相手は防具なしに手元を打たれ、たまらず竹刀を落とした。

間髪を置かず、次の相手がぬっと立ちはだかる。

「梶派一刀流、中谷与兵衛《なかたによへえ》」

言い放つや、中谷は中段のまますぐに突いてきた。

俊平は風のように軽やかに後方に退る。

中谷はいよいよ深く踏み込むと、竹刀を大きく撥《は》ねあげ、一文字に斬り下ろした。

瞬間、俊平の右足がたっぷり踏み込み、右からの一刀が瞬時に相手の肩をたたいている。

俊平の勝ちである。

「次ッ――」

「中西派一刀流米村左内《よねむらさない》」

米村は、休む間もなく俊平に竹刀をからみあわせてきた。

その竹刀をまくようにして小手を狙う。

逃げるところをさらに踏み込んで胴をぬくと、相手は防具を着けぬ胴をしたたか打たれ気を失ってしまった。

相手の力がそれなりに見えてくると、俊平の竹刀がのびのびと動くようになってくるのがわかる。

いずれも尾張柳生の道統を継いだ天才柳生連也斎の編み出した、相手に自由に打たせ、その手元を一拍子に打ち落とす小転の太刀である。

他の七人を道場の板の間に打ち倒すと、重い気配が道場を支配した。

「さすがにやるの。ならば、わしが相手だ」

浅見平九郎は俊平を睨みすえ、そのまわりをゆっくりと旋回しながら、ぴたりと止まった。

間合いを五間とって竹刀を中段にとる。

「まいる」

「はっ」

俊平は目を瞠った。

気合がやはり他所者《よそもの》とはまるでちがう。みな固唾を呑んで道場中央の二人を見守った。

と、いきなり竹刀が跳ね上がり、

「面ッ！」

浅見は真っ向上段から打ち込んできた。

体を左にひらいて小手を狙うが、その動きは素早い。

ふたたび竹刀を撥ねあげ、浅見が上段からの一文字の打ち込みを次々に連打してくると、俊平はズルズルと後退した。

後退しながら道場を歩きまわる。

諸国の強豪を相手に動きまわっているだけに、かすかに息が切れているのがわかった。知らず知らずのうちに体力が消耗しているらしい。

浅見はそれを読み切って、打ち込みの機会を狙っているのであった。

俊平は、時を稼いで道場を半周した。

息を整えているうちに、体力がゆっくり甦ってくる。

「やあ――ッ」

浅見は誘いの気合を振りかけてきたが、俊平は竹刀を下段にぶらりと下げて応じない。

浅見の体が大きく膨らんだかに見えた瞬間、

「やあ――」

浅見の両足が空に舞い、竹刀を高く撥ね上げるや、俊平の竹刀が重く鳴った。

「一本あり」

伊茶姫が高々と叫んだ。

門弟たちは、片膝を立て、俊平に向かってこようとしたが、すぐに諦めてしまった。

——強すぎる。

と直観したらしい。

「勝負はありました」

伊茶姫が、門弟たちを睥睨するように見まわした。

「浅見さん」

俊平が意識をとりもどした浅見平九郎に声をかけた。

浅見はまだ脇腹がのめり込むような感じで、動くこともできない。

「勝負は時の運、こんどは私が負けるかもしれない。いがみあうのはやめて、お互い切磋琢磨しようじゃないか」

浅見は言葉もなく聞いていた。

悔しいのだが、言葉が見つからなかった。

俊平は、伊茶姫を誘って道場を後にした。

諸国から集まった一刀流の腕自慢の男たちもただ茫然とそれを見送っていた。

「強い——」

　誰かが吐くように言った。

　門弟が、道場主浅見平九郎に駆け寄っていった。

五

　堺町の煮売り屋〈大見得〉には、俊平縁《ゆかり》の人たちが大勢集まって、町火消しと大名火消しの騒動が一件落着したことを祝う賑やかな宴がくりひろげられていた。

　めったに休むことのないこの店だが、今日ばかりは表の暖簾脇に本日休業の札が吊るされている。

　集まってきたのは、〈を組〉の辰次郎をはじめとする町火消しの頭取衆七人、中村座からは宮崎翁に女形の瀬川藤之丞、玉十郎、軽業の達吉の面々。さらに伊予小松藩からは主の一柳頼邦、伊茶兄妹、三池藩からは藩主立花貫長とそうそうたる顔ぶれだが、二人の大名は趣向を凝らし、身分を偽って浪人風情に変装している。

　一柳頼邦は粗末な綿服の着流し、立花貫長はさらに凝っていて、どこで求めてきたのか、継《つ》ぎ接《は》ぎだらけの小袖に赤鞘を落とし差しにしている。

さすがに俊平もその姿に唖然としたが、

「どうだ、柳生殿。これなら中村座で貧乏浪人の役で出してはくれぬかのう」

と見得《みえ》を切れば、俊平も苦笑いしてうなずいてみせるよりない。

芝居茶屋に近い〈大見得〉は、その名のごとく、芝居好きの客が多く集まるが、女将のお浜は、ぼろの着流し、赤鞘の立花貫長をすぐに、

——大身のお武家。

と察し、にやにやするばかりである。

「そんな浪人見たことないよ。貧乏浪人は月代《さかやき》をのばし放題だけど、お侍さま、手入れの行き届いた立派な髷《まげ》を結われてるんだからさ」

女将はどうやら、貫長をどこかの立派なお旗本と当たりをつけているようだ。

はじめは俊平が得体の知れない人を連れてきたと妙な顔をしていた女将も、二人が気のよさそうな人物と知って、愛想を振りまくようになっている。

紅一点、伊茶姫はめずらしく桜色地に蝶《ちょう》の模様の振り袖で、品のよい色香を振りまいている。

「見ちがえましたよ」

しきりに慎吾が声をかけるが、伊茶姫はまるで関心はなさそうである。

「それは、見事でございました」

伊茶姫がうっとりと俊平を見つめているのは、数日前の浅見道場での立ち合いを回想し、俊平に惚《ほ》れなおしたからのようである。

「凄いって、俊平さまがいったいどうしたっていうんです？」

いちどお局の家で一緒に飲んだことのある女形の玉十郎が伊茶姫に声をかけた。

「俊平さまが、他流と稽古試合をしたのです。それはもう見事な勝ちっぷりで」

「へえ、俊さんって、そんなに剣術が強かったのかい。知らなかったよ。こんど酔っぱらいがいいがかりをつけてきたら、助けておくれな」

お浜は、見直したという眼差しで俊平を見かえした。

と、玄関の格子戸が開き、華やかな女たちが暖簾を分けてどっと店に雪崩《なだれ》込んできた。

葺屋町のお局方である。医師の宗庵もついてきている。

「今日は、お祝いということでうかがいました」

常磐が、俊平に声をかけると、

「いろいろ祝うことはあるんですよ。なんだかよくわからなくなったが、ひとつは宮崎先生の次の狂言が出来上がったんだよ」

俊平は芝居好きのお局にかこつけて、伝七を持ちあげた。

「いやァ、じつはね。俊平さんから聞いた話から、大名火消しの悪党どもを懲らしめる話の筋が固まった。感謝してますよ」

宮崎翁は、嬉しそうに俊平を見かえした。

「そうそう、いちばんの祝い事はなんといっても、町火消しと大名火消しの争いにケリがついたことだが、とにかく一件落着してよかったよ。これで江戸の町民も夜、安心して眠れる。ねえ、頭取」

俊平が仲間の頭取衆と飲んでいる〈を組〉の辰次郎に声をかけた。

「みんな俊平様のおかげさ。お奉行の大岡様から聞いたんだがね、大名消しを屋根から突き落としたのは、やっぱり大名火消しの柳河藩士だそうだね」

「その件だが、頭取」

いかめしい体軀の血色のいい奇妙な浪人者が話を継いだ。

「柳河藩の悪党どもが一掃された。みなには藩から感謝申し上げる」

「それは、なによりでございます」

伊茶姫が、立花貫長に向かってうなずいた。

「だけど、ご浪人、なんであんたが柳河藩のかわりに礼を言うんだい」

「あ、いや、その。これには深いわけがあってな」

貫長はしどろもどろになって頭を掻いた。

「貫長殿、結局立花茂之らの処分はどうなったのだ」

俊平が、こっそり貫長に訊ねた。

「あ奴めは切腹。家老の大楠丹後は閉門処分と決まった。柳河藩主立花貞俶殿は蟄居《ちっきょ》となって謹慎中だが、藩が救われ安堵されていた。藩が抜け荷に手を染めていたなど夢にも思っていなかったらしい。俊平殿によしなに伝えてほしいと言われていた」

「それはよかった」

俊平がうなずいてみせると、表が突然賑やかになった。

大勢の人が出て、誰かを取り巻いているらしい。

いくつも提灯が揺れている。

「もしかして……？」

達吉が飛び出していくと、
暖簾の向こうから、ひょっこり市川団十郎が顔を出した。

その向こうに大勢の取り巻きを連れている。

宮崎伝七が慌てて立ち上がり、側に駆けていくと、なにやら急ぎ耳打ちした。

どうやら口止めをしたらしい。団十郎はうんうんとうなずいて、

「うちの俊平先生はいらっしゃるか」

店を見まわして声をあげた。

「茶花鼓の先生の祝いの宴だってんで、駆けつけてきた。一言お祝いを言ったら帰らせてもらうよ。連れが多すぎて店に入れないんでね」

そう言うと、団十郎は数歩店に入り込んで、

「俊平先生、おめでとうございます。大勝負に勝ったそうですねえ。江戸の町火消しの問題も解決なさった。江戸の守護神はあっしじゃなくて、俊平先生ですよ。これからも江戸のため、それから中村座のため、ひと肌も、ふた肌も脱いでおくんなさいまし」

俊平に向かって手をあげると、店のあちこちから、

「いよッ、団十郎！」

掛け声があがった。

「まあ、すばらしい。このようにお側で団十郎さまを拝見できたなんて、なんて今日はわたくしたち、ついてるのでございましょう」

常磐が、目を輝かせて綾乃に語りかけた。

「まことでございます」

他の女たちも、目も虚ろに団十郎を見つめている。

お浜は、立ったまま茫然としている。盆に乗せた銚子が傾いているのを軽業の達吉がささえて、

「まったくお浜さん、しっかりしてくだせえな」

苦笑いして、俊平を見かえした。


宴はそれから一刻（二時間）余りもつづいて、賑やかに幕を閉じた。

俊平と貫長、頼邦の三人は、ほろ酔い気分で外に出ると、月が明るい。

すぐ後ろを、伊茶姫が付いてきた。

「いやァ、俊平殿のおかげで、江戸の暮らしが様変わりした。のう頼邦殿」

立花貫長が言う。

「まこと、江戸がこのように愉しいとは思ってもおらなかった。もう国表にはもどりとうないの」

「なんと言う。そなたは三池藩の藩主ではないか。家臣や領民はどうなるのだ」

小顔の背の低い頼邦が見あげるように貫長に訊いた。

「そう言うが、頼邦殿、そなたはまこと国表に帰りたいか」

「いや、その……、帰らねばならぬなら帰りもするが、いましばし江戸を愉しみたいものだ」

「そなたは、深川好みであったな。よう私を誘う」

「いや、その……」

一柳頼邦は、ちらと妹の伊茶姫を振りかえって、

「このところ、また深川でございますかと、妹にからかわれる。しばらく遠慮せねばの」

話を聞いていた俊平が、

「いいではないか、みなのびのびと生きるのがいい。人生はいちどきりだ」

笑いながら、二人に声をかけた。

「そうでございます。人の生涯は一度きり、好きなことをなさりませ」

伊茶姫がそう兄に語りかけ、いきなり俊平の背に抱きついてきた。

「そういう伊茶姫は、まこと好きなように生きておるわ。これでは当分、嫁には行けぬな」

立花貫長が、からかうようにそう言った。

「行きませぬ。生涯行かぬかもしれませぬ」

伊茶姫は、ちらと背中から俊平をうかがってから、

「お声がかかるまで、お待ちしております」

小声で言って、また抱きついていく。

俊平は、知らぬふりをして月を見あげ笑っている。

時代小説

二見時代小説文庫

剣客大名《けんかくだいみょう》　柳生俊平《やぎゅうとしひら》　将軍《しょうぐん》の影目付《かげめつけ》

著者　麻倉一矢《あさくらかずや》

発行所　株式会社 二見書房
東京都千代田区三崎町二－一八－一一
電話　〇三－三五一五－二三一一［営業］
〇三－三五一五－二三一三［編集］
振替　〇〇一七〇－四－二六三九

印刷　株式会社 堀内印刷所
製本　株式会社 村上製本所

落丁・乱丁本はお取り替えいたします。
定価は、カバーに表示してあります。

 ISBN978－4－576－15130－4
http://www.futami.co.jp/

赤鬚の乱　剣客大名 柳生俊平2

麻倉一矢［著］

将軍吉宗の命で開設された小石川養生所は、悪徳医師らの巣窟と化し荒みきっていた。将軍の影目付・柳生俊平は盟友二人とともに初代赤鬚を助けて悪党に立ち向かう！

海賊大名　剣客大名 柳生俊平3

麻倉一矢［著］

豊後森藩の久留島光通《くるしまてるみち》、元水軍の荒くれ大名が悪徳米商人と大謀略！　俊平は一万石同盟の伊予小松藩主らと共に、米価高騰、諸藩借財地獄を陰で操る悪党と対決する！

女弁慶　剣客大名 柳生俊平4

麻倉一矢［著］

十万石の姫ながらタイ捨流免許皆伝の女傑と出会った俊平。姫は藩財政立て直しのため伝統の花火を製造しようとしていたが、花火の硝石を巡って幕閣中枢にな動きが…。

象耳公方《ぞうみみくぼう》　剣客大名 柳生俊平5

麻倉一矢［著］

俊平が伊予小松藩主らと結ぶ一万石同盟に第四の藩主が参加を望んだ。喜連川藩主の茂氏、巨体と大耳で象耳公方と呼ばれる好漢である。折しも伊予松山藩が一揆を扇動し…。

はみだし将軍　上様は用心棒1

麻倉一矢［著］

目黒の秋刀魚でおなじみの忍び歩き大好き将軍家光が浅草の口入れ屋に居候。彦左や一心太助、旗本奴や町奴、剣豪らと悪党退治！　胸がスカッとする新シリーズ！

浮かぶ城砦　上様は用心棒2

麻倉一矢［著］

独眼竜正宗がかつてイスパニアに派遣した南蛮帆船の絵図面を紀州頼宣が狙う。口入れ屋の用心棒に姿をかえた家光は…。あの三代将軍家光が城を抜け出て大暴れ！

かぶき平八郎荒事始　残月二段斬り

麻倉一矢［著］

大奥大年寄・絵島の弟ゆえ重追放の咎を受けた豊島平八郎、八年ぶりに江戸に戻った。溝口派一刀流の凄腕を買われて二代目市川團十郎の殺陣師に。シリーズ第1弾！

百万石のお墨付き かぶき平八郎荒事始2
麻倉一矢［著］
五代将軍からの「お墨付き」を巡り、幕府と甲府藩の暗闘。元幕臣で殺陣師の平八郎は、秘かに尾張藩の助力も得て将軍吉宗の御庭番らと対決。シリーズ第2弾！

剣客相談人 長屋の殿様 文史郎
森詠［著］
若月丹波守清胤、三十二歳。故あって文史郎と名を変え、八丁堀の長屋で爺と二人で貧乏生活。生来の気品と剣の腕で、よろず揉め事相談人に！ 心暖まる新シリーズ！

狐憑きの女 剣客相談人2
森詠［著］
一万八千石の殿が爺と出奔して長屋して暮らし。人助けの万相談で日々の糧を得ていたが、最近は仕事がない。米びつが空になるころ、奇妙な相談が舞い込んだ！

赤い風花《かざはな》 剣客相談人3
森詠［著］
風花の舞う太鼓橋の上で旅姿の武家娘が斬られた。釣り帰りに目撃し、瀕死の娘を助けたことから「殿」こと大館文史郎は巨大な謎に渦に巻き込まれてゆくことに！

乱れ髪 残心剣 剣客相談人4
森詠［著］
「殿」は大川端で心中に見せかけた侍と娘の斬殺死体を釣りあげてしまった。黒装束の一団に襲われ、御三家にまつわる奥深い事件に巻き込まれていくことに…！

剣鬼往来 剣客相談人5
森詠［著］
殿と爺が住む八丁堀の裏長屋に男装の女剣士が！ 大瀧道場の一人娘・弥生が、病身の父に他流試合を挑む凄腕の剣鬼の出現に苦悩し、助力を求めてきたのだ。

夜の武士《もののふ》 剣客相談人6
森詠［著］
裏長屋に人を捜してほしいと粋な辰巳芸者が訪れた。札差の大店の店先で侍が割腹して果てた後、芸者の米助に書類を預けた若侍が行方不明になったのだという。が…。

笑う傀儡《くぐつ》　剣客相談人7
森詠［著］

両国の人形芝居小屋で、観客の侍が幼女のからくり人形に殺される現場を目撃した殿。同じ頃、多くの若い娘の誘拐事件が続発、剣客相談人の出動となって……。

七人の剣客　剣客相談人8
森詠［著］

兄の大目付に呼ばれた殿と爺と大門は驚愕の密命を受けた。江戸に入った刺客を討て！一方、某大藩の侍が訪れ、行方知れずの新式鉄砲を捜し出してほしいという。

必殺、十文字剣　剣客相談人9
森詠［著］

侍ばかり狙う白装束の辻斬り探索の依頼。すでに七人が殺され、すべて十文字の斬り傷が残されているという。背後に幕閣と御三家の影⁉殿と爺と大門が動きはじめた！

用心棒始末　剣客相談人10
森詠［著］

大川端で久坂幻次郎と名乗る凄腕の剣客に襲われた殿。折しも江戸では剣客相談人を騙る三人組の大活躍が瓦版で人気を呼んでいるという。はたして彼らの目的は？

疾《はし》れ、影法師　剣客相談人11
森詠［著］

獄門首となったはずの鼠小僧次郎吉が甦った⁉殿らのもとにも大店から用心棒の依頼が殺到。そんななか長屋に元紀州鳶頭の父娘が入居。何やら訳ありの様子で…。

必殺迷宮剣　剣客相談人12
森詠［著］

「花魁霧壷を足抜させたい」――徳川将軍家につながる田安家の嫡子匡時から、世にも奇妙な相談が来た。しかし、花魁道中の只中でその霧壷が刺客に命を狙われて…。

賞金首始末　剣客相談人13
森詠［著］

女子ばかり十人が攫われ、さらに旧知の大名の姫が行方不明となり捜してほしいという依頼。事件解決に走り回る殿と爺と大門の首になんと巨額な賞金がかけられた！

花と乱 時雨橋あじさい亭2
森 真沙子［著］
あじさい亭の娘お菜は思う。大男で剣豪で優しい鉄太郎おじさんがなぜ、あんなに危険な清河八郎と付き合い京にまで行くのだろうと。揺れる江戸にやがて大きな〝乱〟が！

箱館奉行所始末 異人館の犯罪
森 真沙子［著］
元治元年(一八六四年)、支倉幸四郎は箱館奉行所調役として五稜郭へ赴任した。異国情緒溢れる街は犯罪の巣でもあった！ 幕末秘史を駆使して描く新シリーズ第1弾！

小出《こいで》大和守《やまとのかみ》の秘命 箱館奉行所始末2
森 真沙子［著］
慶応二年一月八日未明。七年の歳月をかけた日本初の洋式城塞五稜郭。その庫が炎上した。一体、誰が？ 何の目的で？ 調役、支倉幸四郎の密かな探索が始まった！

密命狩り 箱館奉行所始末3
森 真沙子［著］
樺太《カラフト》アイヌと蝦夷《えぞ》アイヌを結託させ戦乱発生を策すロシアの謀略情報を入手した奉行小出は、直ちに非情なる命令を発した……。著者渾身の北方のレクイエム！

幕命奉《たてまつ》らず 箱館奉行所始末4
森 真沙子［著］
「爆裂弾を用いて、箱館の町と五稜郭城を火の海にする」という重大かつ切迫した情報が、奉行の小出大和守にもたらされた…。五稜郭の盛衰に殉じた最後の侍達！

海峡炎《も》ゆ 箱館奉行所始末5
森 真沙子［著］
幕臣榎本武揚軍と新政府軍の戦いが始まり、初戦は土方歳三の采配で新政府軍は撤退したが…。知っているようで知らない〝北の戦争〟をスケール豊かに描く完結編！

地獄耳1 奥祐筆秘聞
和久田正明［著］
飛脚屋の居候は奥祐筆組頭・烏丸菊次郎の世を忍ぶ仮の姿だった。御家断絶必定の密書を巡る謎の仕掛人の真の目的は？ 菊次郎と〝地獄耳〟の仲間たちが悪を討つ！

地獄耳2 金座の紅《べに》
和久田正明［著］

髷の下は丸坊主の町娘の死骸が無住寺で見つかる。下手人を追う地獄耳たちは金座の女番頭に行きつくが、そこには幕府を操る悪が…。地獄耳が悪貨を駆逐する！

閻魔の女房 北町影同心1
沖田正午［著］

巽真之介は北町奉行所で「閻魔の使い」とも呼ばれる凄腕同心。その女房の音乃は、北町奉行を唸らせ夫も驚くほどの機知にも優れた剣の達人！ 新シリーズ第1弾！

過去からの密命 北町影同心2
沖田正午［著］

音乃は亡き夫・巽真之介の父である元臨時廻り同心の丈一郎とともに、奉行直々の影同心として働くことになった。嫁と義父が十二年前の事件の闇を抉り出す！

挑まれた戦い 北町影同心3
沖田正午［著］

音乃の実父義兵衛が賂《まいない》の罪で捕らえられてしまう。無実の証を探し始めた音乃と義父丈一郎だが、義父もあらぬ疑いで…。絶体絶命の音乃は、二人の父を救えるのか!?

目《め》眩《くら》み万両 北町影同心4
沖田正午［著］

北町奉行所の吟味与力が溺死体で見つかり自害とされたが、奉行から音乃と義父・丈一郎にその死の真相を探るよう密命が下る。背後に裏富講なる秘密組織が浮かび…。

隠密奉行 柘《つ》植《げ》長《なが》門守《とのかみ》 松平定信の懐刀
藤 水名子［著］

江戸に戻った柘植長門守は、幕府の俊英・松平定信から密命を託される。伊賀を継ぐ忍び奉行が、幕府にはびこる悪を人知れず闇に葬る！ 新シリーズ第1弾！

将軍家の姫 隠密奉行 柘植長門守2
藤 水名子［著］

定信や長門守の屋敷が何者かに襲われ、将軍家の後嗣を巡って、御台所になるはずだった次期老中松平定信の妹・種姫に疑惑が持ち上がる。長門守が闇に戦う！

将軍の跡継ぎ 御庭番の二代目1

氷月 葵［著］

家継の養子となり、将軍を継いだ元紀州藩主・吉宗。吉宗に伴われ、江戸に入った薬込役・宮地家二代目「加門」に将軍吉宗から直命下る。世継ぎの家重を護れ！

藩主の乱 御庭番の二代目2

氷月 葵［著］

御庭番二代目の加門に将軍後継家重から下命。将軍の政に異を唱える尾張藩主・徳川宗春の著書『温知政要』を入手・精査し、尾張藩の内情を探れというのであるが…

上様の笠 御庭番の二代目3

氷月 葵［著］

路上で浪人が斬られ、その懐には将軍への訴えを記した血塗れの〝目安〟が……。若き御庭番・加門に八代将軍吉宗から直命！ 米価高騰に絡む諸悪を暴け！

つけ狙う女 隠居右善《うぜん》 江戸を走る1

喜安幸夫［著］

凄腕隠密廻り同心・児島右善は隠居後、人気女鍼師の弟子として世のため人のため役に立つべく鍼の修業にいそしんでいた。その右善を狙う謎の女とは――!?

妖《あや》かしの娘 隠居右善 江戸を走る2

喜安幸夫［著］

江戸では、養女の祟りに見舞われたと噂の大店質屋に不幸が続き、女童《めわらべ》幽霊も目撃されていた。そんななか探索中の右善を家宝の名刀を盗られたと旗本が訪れて…

北瞑の大地 八丁堀・地蔵橋留書1

浅黄 斑［著］

蔵に閉じ込めた犯人はいかにして姿を消したのか？ 岡っ引き喜平と同心鈴鹿、その子蘭三郎が密室の謎に迫る！ 捕物帳と本格推理の結合を目ざす記念碑的新シリーズ！

天《あま》満《みつ》月《つき》夜《よ》の怪事《ケチ》 八丁堀・地蔵橋留書2

浅黄 斑［著］

江戸中の武士、町人が待ち望む仲秋の名月。その夜、惨劇は起こった……！ 時代小説に本格推理の新風を吹き込んだ！ 鈴鹿蘭三郎が謎に挑む、シリーズ第2弾！

売上カード

書名 On Campus

返送先 東京大学出版会

5%税込1785円
(本体価格1700円)

ISBN978-4-13-082118-6
C3082 ¥1700E

978413082